爱是空虚，爱是光荣

你是
我的虚荣

李傻傻（蒲荔子）　著

海峡出版发行集团 | 鹭江出版社

2016年·厦门

图书在版编目（CIP）数据

你是我的虚荣/李傻傻著.
—厦门：鹭江出版社，2016.11
ISBN 978-7-5459-1264-7

Ⅰ.①你… Ⅱ.①李… Ⅲ.①短篇小说—小说集—中国—当代 Ⅳ.①I247.7

中国版本图书馆CIP数据核字（2016）第245039号

咪咕数媒 联合策划

NI SHI WO DE XURONG

你是我的虚荣

李傻傻（蒲荔子）著

出版发行：	海峡出版发行集团		
	鹭江出版社		
地　址：	厦门市湖明路22号	邮政编码：	361004
印　刷：	北京市松源印刷有限公司		
地　址：	北京市通州区漷县镇大柳树村北	邮政编码：	101109
开　本：	787mm×1092mm　1/32		
插　页：	4		
印　张：	8.125		
字　数：	148千字		
版　次：	2016年11月第1版　2016年11月第1次印刷		
书　号：	ISBN 978-7-5459-1264-7		
定　价：	39.80元		

如发现印装质量问题，请寄承印厂调换。

在所谓青春的年纪，

很多东西尚未得到，很多东西没有失去。

随时渴望，眼睛里空洞如原野；

一无所有，所以幻想拥有一切。

我不后悔，也并不怀念，

就像并不后悔年少的苦恼，

也并不怀念年少。

就像并不后悔莫名其妙的悲伤，

也不怀念莫名其妙的喜欢。

序 言

爱是空虚,爱是光荣

一

二〇一四年,我做的很多事都不记得了,不记得其中有什么情绪。有一件小事还很清楚。

那时我和朋友欧亚做第三届南方国际文学周,邀请了小说家朱文来分享。其实他二十世纪九十年代末就不写小说,改拍电影了,他来分享的也不是小说,而是新片《小东西》,但我还是愿意叫他小说家。

毕竟,除了美艳妖娆的姑娘,没有几个男小说家是我想见的；如果是导演，就更没有了。我不知道别人怎么样，但我觉得，看过朱文的小说的人，应该不会不想见他，那个把日常生活写得波澜起伏，把平凡者写得沟壑密布的写作者，那种要胀破的才华，还有荷尔蒙的气息、欲望和生命之中的光。就像看过纳博科夫《洛丽塔》的人不会忘记这个开头："洛丽塔，我的生命之光，欲望之火，同时是我的罪恶，我的灵魂。"看过《尖锐之秋》，看过《人民到底需不需要桑拿》，看过《段丽在古城南京》，看过《看女人》，看过《我爱美元》……人们不会不想：靠，这个作家在哪里啊，真想见他一面。

最后他来了。因为是组织者，忙得满地鸡毛，除了在酒店打个照面，作为一个迷弟，都没空去听他说了什么。走的那天，我在他上车前请他签名，他签上"幸会 朱文"。我记得那天的情形是：君悦酒店的空调很冷，其他人像空气一样，我忘了是谁。那天我很紧张，说话有点发抖。

帕乌斯托夫斯基在那本《金蔷薇》里写了俄罗斯的诸多作家，很多都是一副迷弟的模样，诸如"我们都生活在他的天才的轻微的反光之中"的巴别尔，诸如写出"那么，放大胆子／永远和我在一起"的亚历山大·勃洛克。但当我按图索骥去看这些作家，很多时候并没有他所描述的那样战栗的感觉。我想是因为，除了被翻译丢失的那部分生气，更重要的是，我们并不是帕乌斯托夫斯基本人,因此我们在书里看不到他所沉迷的事物;令我们沉迷的,是帕乌斯托夫斯基,那个穷其一生在灰烬中捡筛出金粉铸造一朵金蔷薇的作者。

除了杀时间之外,艺术的功用,不过就是在世界之外找出自己没有发现的同类,找到别人说出自己未能描述的灵魂。

因而这是一个显而易见的事实:重读朱文的书,每一次除了吃惊并惭愧于他的感觉要刺破空气的才华,我想更令我沉迷的是书中那个无处不在的人。我感觉那是自己,或者另一个我,或者我的另一个时空。无聊又想着改变,欲望膨胀却又不想行动,心存石破天惊的妄想却又拼命安于现状。

我花了很长时间才承认自己是这样一个人。又花了很长时间,我才稍微明白这样一个道理:我们需要面对自己全部的真实。严格来说,很长时间我都不认识自己,我作为各种角色在各种空间行动,经常有那种事后追悔莫及的想法;我觉得应该有一种洗涤剂,把我内心阴暗的部分洗净晾干;应该有一个完美的模具给我,使我追逐靠近,变成某一种人。庆幸的是,这么多年之后,我终于敢于真诚地面对自己的虚荣、怯懦、妄想、粗暴、冷漠、骄傲,以及我暂时未能想起的一些毛病。这并不是因为我变得自暴自弃,而是恰恰相反,我觉得这些不再是一种毛病而是一种存在,每种存在各有比例,每种比例总在变化,每种人最后总是一个独有的配方。我想做的是看看自己内心的构成是什么，它有多亮以及有多暗；我不再想取悦那些不能理解我的人，不再想为莫须有的目标修改自己的信条，也不再为一些事失落，而是为所有的经历感到庆祝。

二

常常看的另一本书是《聊斋志异》。蒲松龄在开篇《聊斋自志》里最后几句说："惊霜寒雀，抱树无温；吊月秋虫，偎阑自热。知我者，其在青林黑塞间乎！"一介穷书生，天天招呼路人喝茶，收集鬼故事，估计被不少人视为怪物，可是他觉得有知音，在梦魂所历，在冥冥之中。我常常想着改动他几个字，最终的结果当然是不可能。

到三十五岁，我才明白自己究竟要做什么，我承认就是这种虚荣的事：与寂寞为伍，与黑暗同行，就是创造的刺激。就像爱是空虚，爱是光荣，就像爱是与生俱来的虚荣让人垂涎，作家们创造出了我们不能描述的灵魂，他们在山顶等着我们去看风景，我想和他们在那里碰杯——怀着这种想法，我在山脚徘徊了很久，现在准备上路。我想我会成为上山路上的一块砖，或者路边白骨及草丛，但一想起山顶的风，我就觉得高兴起来。

这么多年，我已经完全知道写作是个什么玩意。大部分时候，它令你抓耳挠腮，抽烟喝酒无济于事，你想着去跑一身汗，去做一次爱，可是都不能解决词穷这种问题。当她终于来到，可能你却睡着了，于是你只能梦见，第二天起来早已忘得干干净净。只有当她真的恰巧来到的时候，那种幸福的感觉，足以抵消这一切等待。

有一次，写到半夜我没有意识到自己突然"啊"地一声大叫，惊醒了睡梦中的家人，吓得他们不轻；有时候和朋友喝酒，我突然消失了，因为她突然不请自来。慢慢地，你大概会知道她什么时候来，什么时候走。因此你必须在那时候做好准备，严守你们之间的纪律，不然她就可能消失很长时间。

我浪费了最好的时光，并且得到了浪费的快乐，现在我看看能不能有另外一种挥霍。我曾经迷恋夏天的篝火，和陌生姑娘们一起喝酒，围着火堆跳，像是在做一些把自己投进火里的准备工作，现在我准备走进去，走入火中。

没有这种更远更能唬住自己的远方，就感觉迈不开步子。也许我这是在骗自己。可是谁能说清楚，闪光的记忆中有哪些是自己制造的幻象；面对迷途，和头顶星空一样浩瀚的迷途，我们除了屏住呼吸告诉自己未来一片光明，又怎么压抑住慌乱往前走。

三

　　这本书很多文章写于二〇〇〇至二〇〇四年，写于西安那个昏暗的 6103 宿舍和同样昏暗的图书馆。重看自己这么些年的零碎文章，就像看一个人的延时摄影，看自己内心秘密的局部细节图。像看别人的成长一样看书中的人，我常常觉得这个人很可笑，可是不得不承认，这个可笑的人就是我，就是此时此地。我想着什么样的人会在梦魂之中看到他自身的影子，就像我在那些莫名其妙的书中看到自己一样。

　　感谢有人还等待这本书。献给所有爱这个世界的人，你是我的虚荣。

　　重新写新小说《虚荣广场》，预计会有很多困难。感谢有人依然期待这本书。

　　还有很多感谢不一一具名，我相信你们都知道我的感觉。

　　"但作天籁，不为好音。"我已在书中暴露所有的黑暗和光明，你们已经知道我是个什么样的人。

蒲荔子　2016 年 10 月 9 日

目录

第一辑

003_ 我最难忘的一双女人的手　　008_ 我最难忘的一次"偷窃"
012_ 不知道以后有没有人给她写这样的情书　　017_ 诳语

第二辑

025_ 火光　　034_ 妈妈
040_ 我把对一个女人的思念写出来

第三辑

059_ 最让人感到满足和安慰的
064_ 超越爱情的永恒之死　　069_ 女人

I

第四辑

079_ 这样　　082_ 无名之地　　088_ 被当作鬼的人
109_ 虚构：铜鼓潭　　117_ 闹马山　　125_ 云
127_ 飘满鱼的天空　　134_ 溺水记　　141_ 两个少年
148_ 一个喜爱出走的朋友　　155_ 鸡毛鸭毛

第五辑

161_ 一只懒鸟的神庙　　167_ 一九九三年的马蹄
174_ 下半夜　　186_ 三百块和一寸黑白免冠照片
193_ 他们去抢劫　　196_ 西安、流行病和青年　　201_ 打口古都

第六辑

207_ 我见过广州的白天和夜，和每一刻　　213_ 苏东亮退学一事
219_ 我有一个老师　　225_ 脸红的流氓
241_ 附录：如果有一天，我在平庸面前低了头，请向我开炮

第一辑

我仿佛在阳光下向天上飞去。

我最难忘的一双女人的手

一九九九年,人们所说的"冬天已经来到,春天还会远吗"那时候,我在湘西南喜欢一个女孩。

有一个下午,我走进奶奶家的木板房子,发现屋里真黑。灶台边却有一双很亮的眼睛。那个人身子小小的,灶火的红光照在她脸上。我问坐在一旁的姑妈:"这就是樱子吗?"姑妈笑着对小姑娘说:"叫哥哥呀。"

在此之前我见过樱子几次。那时她很小很小,但是她的眼睛很大很大,有一对罕见的单眼皮。我跟她说:"有一次在堂屋里,我轮流背着你和你弟,满屋子跳,像只袋鼠。"她咯咯直笑,又说,一点也记不得了。

又问她多大。说是满十一岁,吃十二岁的饭。一九九九年冬天的最后几天,阳光像一群毛茸茸的小鸡在资江之滨那个小城的各个角落跑。我的手却是冰冰的。只是因为我的手一到冬天就很冰。在街道与街道之间,我拉着樱子小小的手,她的左手放在我右手的手心,有奇异的温暖。我在近乎金黄的河边反复说:"你不要放,一放我就冷了。"樱子睁大了双眼,也许她认为我的手不应该像冬天的江水那样冷得不像个样子。但是她的手还是如我所愿地抓得更紧了,她一边摇晃我的手臂一边说:"你的手为什么这么冷呢?我回去以后,你怎么办?"我说:"走,我带你到山上去玩。"

山是县城背后还没被挖开的山,还很胖的一座山。山上有很多树,还有各色野花野草。山深处草色很青,虫子安静地待在自己的领地,春色关不住。不过高高的树枝丫上仍然什么也没有,朝天伸出硕大的手臂,天上待满了动物。我们穿过一大片丛林和茅草,来到一小块草地上。樱子抱着沿途采来的野花,让我给她编个花冠。我依言照办,花枝上的小刺刺破了我的手指,一抹淡红的血印在白色的花瓣上。我把那些小刺一个一个弄掉,她问我疼不疼。我说:"不疼,你呢?"她说:"我也不疼。"她问我的时候盯着我的眼睛,眼神清澈得很。我笑了一下,很累地躺下。她把小小的头靠在我的臂弯里说:"哥哥,你看那儿有一只鸟。"我朝她手指着的方向看,那里什么也没有,但是有些云在飘动。我摸到她脖子上有根细线,她说刚才真的有只鸟经过那里,不过一下子就不见了。我问:"这是什么?"

"这是一根线。"她说。她把那线解开。那是一根红线,勾着一个小小的玉坠,散发出浅蓝色的光。她爬起来把那东西系上我的粗脖子,勒得我很舒服。她说:"哥哥,你的脖子怎么这么粗啊?"我感觉冬天忽然一闪不见了,像那只鸟。看来春天打算在这里住下,打算在我们身边修一座小茅屋。当然这是后话,当时的情形是我在樱子的手心上画来画去,问她:"暑假还来吗?"樱子咬住她的而不是我的下嘴唇,出神地偏头思索,说:"不知道。"

我们下山时,发现路消失在杂树野草丛中。只听见各种声音在树外面响。我跳下一堵不高的山崖下去找路。路找到了,路口就在我膝盖跪下的地方。我把膝盖碰在一块尖石上,血流出来,裤腿红了。我把樱子接下来,樱子哭起来,一边哭一边嚼一把茅柴叶子,嚼成糊状了就糊上伤口,血神奇地止住。我觉得她的泪有点多了,影响了她眼睛和脸庞的美,就给她把泪水擦去,我觉得她唇上的绿色汁液颜色有点深了,就过去尝尝,我说:"真苦啊,樱子。"樱子笑了。

第二天她就走了。在车站我拉过她的小手亲了一下。姑妈看到了,樱子的脸飞起红云。

接下来发生的事情你应该可以猜到,那就是开学了。在这一年里,我很想念樱子。我记起了日记。每天花一些时间想她我觉得很不够,就记起了日记。还是不够呀,我必须让她知道我想她。我按她给我的地址写了三封信寄过去，我每天去一趟收发室，但是并没有收到她的回信。后来我才知道她把给我的信投进了邮政局的意见箱。在上述情形下，我想我必须见到她。

我悄悄摸黑起床，清早搭上去她那里的汽车。

我从来没有去过湘西。姑妈家会在哪里？我只想见到樱子，于是去她的学校。在车上我看见放学的学生背着书包在路上打闹。天色渐黑。我有点伤心。又担心。站在他们学校门口，里面的操场空空的。我不知道接下来该往哪儿走。这时，两个小女孩走过我的面前。其中一个打着伞，我没有看清她的面容。我看着这个拿伞的小女孩的背影，心想那真的是樱子吗？我跟着她们两个，穿过了两条街，来到一个斜坡上。这是这个小镇最后一条街了，透过层层叠叠的房子，可以看见去年收割过的稻田。我试探着轻轻叫了一声"樱子"，她转过头来了！我跑过去举起她小小的身子，她鞋上的泥巴高兴地跑到我的裤腿上。

同行的小女孩说她先走了。樱子紧紧拉住我的手，说："哥哥，你怎么找到我们学校的？哥哥，你的手又冷了。"路边一群一群放学回家的学生看着我们，我心里只想着我的小樱子，因此对不起我无法告诉你那些学生中的女生长得如何。

甚至那个湘西的小镇是什么样子，我都记不清楚了，只觉得十分亲切,仿佛不是第一次去那里了。樱子陪我来到集市,在一个安静的角落里我听她背课文,背的是那篇《武松打虎》。樱子用她好听的声音对我说:"店家,筛三碗酒,切二斤熟牛肉来!"

但是我只这样了一天,就不得不回去。姑妈说:"高三了,你怎么能跑这么远出来玩呢?"我不知说什么好。樱子送我到一条叫渠河的河边,说:"哥哥,等你再来我带你到这里来玩。"

现在两年没见到樱子了。一九九九年冬天我曾经告诉樱子我很喜欢她。不管在我身上发生多少游戏,这总归是句真话。现在,二〇〇一年的冬天到了,我的手又开始冰凉冰凉,这使我很不舒服。

我最难忘的一次"偷窃"

我家里有两口大木箱子,油漆斑驳。大木箱子里有"乾隆通宝"一类的铜钱,皱巴巴的粮票,假造的"爆破证",一大把半新不旧的钢笔,一条蓝色的破烂裤子里窝着一个开裂的枫木陀螺,这个陀螺陪我度过了某一年的夏天。

仿佛我的童年和"偷窃"有必然的联系,并且这个习惯一直延续至今。我会在下午安静的空气里,把箱子里所有物什一一展开,在阳光下看,复又叠好放回。

所有与"偷窃"有关的下午都是安静的,因为不会被发现,也就并无被呵斥与被惩罚的危险。而穿越窗户的阳光使"偷窃"的过程显得尤为温和。所以当我打开一件棕色的上衣,内袋里掉下一个东西时,这一细节使我微微战栗。

它落到地上,发出了轻微的一个响声。它背对着我,但我还是看出它是一个身份证,是妈妈的。怎么会躲在这里?妈妈找过它。

在那个下午我第一次看到妈妈年轻时候的相片,稍稍发黄的,比如发黄的光亮的额头和两弯眉毛。看了一会儿,我不由得露出了笑容,我觉得自己真的如人们所说的,像妈妈。接下来我看到一行潦草的手写的数字里写着妈妈的生日:一九六〇年三月二十五日。

以前我从不知道妈妈的生日。没想到妈妈悄悄地四十岁了。四十岁,我轻声念一遍,再念一遍,就想起书上有些人说的岁月无情之类的话来。照这张相片时,妈妈还是个不胜娇羞的新妇,比我现在也大不了一两岁。

按照习惯我看完了箱子里其他的东西,并最终把它们胡乱塞了回去。从这天开始,我变得小心花费。我打算攒点钱买点什么送给妈妈。那段日子,我心里洋溢着通常人们所说的幸福、甜蜜、希望、真诚的爱,以及诸如此类的美好情感。我误以为我长大了,懂事了,知道爱了。其实不是。

到了三月二十四日,我数了数,一共有二十五块钱。二十五日上午我开始把头摆在实木做的课桌上,眼睛盯着高一那年冬天妈妈买给我的手表的秒针,想象下午某一时刻妈妈的表情,我闭着双眼,鼻孔里哼着歌谣,像一个陶醉在爱河里的小女孩。但是我想象不出,因为我从未经历过。下午很快就来了,很快就放学了,很快我一个人来到街上。

我从街东走到街西,从街西走到街东。买什么好呢?我从来没有给大人买过东西,更不用说给妈妈。经过一番思考,我认为买一个生日蛋糕挺不错,妈妈还从来没吃过那玩意儿呢。我记得我步履轻快地走过几家西点房的大门,不过最后我还是在人流中停下脚步。我想一个人提着个蛋糕走在路上多不好意思。碰见同学怎么办?遇上暗恋的女生岂不是很麻烦?就算拿回家又藏到什么地方?对妈妈说什么好?生日快乐?太肉麻了……一边想,一边走。后来天就全黑了。

我两手空空地回到家里,妈妈也刚好买菜回来。她脸上有一点笑容,又好像没有,我不敢肯定。我当时也无法知道妈妈是高兴还是不高兴,只好默默地帮她掏灶、淘米、递油、送盐,围着她做好了饭菜,而没有说一句话。吃饭的时候,我放下筷子,把汗津津的二十五块钱掏出来,放到桌上。我装作心不在焉地说:"妈妈,我给你二十五块钱。"

妈妈确实愣了一下,把递到嘴边的一根菠菜又放回碗里,看了二十五块钱一眼。我看见妈妈脸上浮现一丝真实的笑容,可是声音有点哽咽。妈妈说:"今天有两件喜事,一件是你给了我二十五块钱,一件是我四十岁了。"

我命令嘴角笑了一下,像盗贼一样心虚地笑。

不知道以后有没有人给她写这样的情书

她:"你不想我吗？不来看我吗？"
我:"你不想我吗？不来看我吗？"
她:"来看看我嘛，我好想你的。"
我:"不行，你先来看我。"
她:"不行，你先来看我。"
我:"不来。"
……

这个小姑娘一放暑假就回了老家，时不时在微信上撩拨我几句，像这样撩完就没有下文。这促使我更加想念她。当然她并不一定知道有个人很想她。就像树啊草啊不知道自己很招蚊子。

想念她什么呢？包括她的脸蛋、她翻白眼时的样子、她头发披下来以及她自己扎一个很丑的马尾的动作。

还有她在我身旁蒙头大睡，把脚架在我身上的时候，我看着她觉得她皮肤真黑，而我喜欢随便什么样子的她。

有一次走在雨中，广州的那种大雨可能你见过，雨打在伞上，溅出很大的水花，发出很响亮的声音。她问我很多问题。我心不在焉地答着。她问我："为什么鸟要把翅膀藏在羽毛里？为什么天会变黑？"我说："你猜十年后你还记得这条路吗？记得我牵着你走这条路，这场大雨。"旁边的邮局门开着，里面没有人，黑洞洞的。树很高大，雨从树上流下来就像树在大哭一样，山东特产店里的红枣在打折。后来雨实在太大了，我们就在旁边的牛杂店里躲雨，我们吃了两碗牛杂。她做出一副"目瞪口呆"的样子，说十年很久吗？我说十年后，你就十六岁了。她说肯定记得。我说你保证吗？我保证，她说。

那一段时间，她很喜欢表演"目瞪口呆"这个成语。我说："目瞪口呆！"她就立即做出眼睛大、嘴张开的动作，并且固定住不动很长一段时间，我把这样子拍下来，她会一边看照片一边笑得双脚朝天乱蹬。

大部分时候她不会这么乖乖跟我走路，而是动来动去，我的眼光就像她的尾巴一样被她甩来甩去。

小部分时候她蹭过来，说："我好无聊，陪我玩嘛。"我往往正忙着呢，不想理她，就让她跑到旁边看有多少种花，多少种石头,多少种云,数那池塘里有多少只蝌蚪,她很高兴地去做,然后摘几朵花回来,说:"一点也不好玩,蝌蚪根本数不清。"

只有带她去酒馆的时候,她不觉得无聊。我点一杯大大的啤酒,给她买个小小的芝士蛋糕。为表公平,让她喝啤酒厚厚的泡沫,她说觉得很苦,为什么男人会喜欢喝这种东西?我说蛋糕那么甜,为什么女孩喜欢吃这种东西?她表示不解,扔过来一个白眼,大概意思应该是你还真会胡说可我暂时拿你没办法。但这并不代表我需要解释,我只需要看着她噘嘴然后喝一大口酒,说,啊,真好喝。

带她去小酒馆,去书店,去吃,去喝,不过大部分时候我会带她去办公室,我干活,做她不关心的那些事:做产品、做客服、写稿、聊天、见人。

她会把书架上的书抽出来又放回去,并对每本书是否无聊发表自己的看法。走的时候,我发现书架的玻璃瓶子里多了一只蝌蚪,贴了一张纸条:"太脏了,要 cā 一下。"

我就这么有了一个喝啤酒泡沫的姑娘,一个拿水杯或酸奶跟我干杯的人,一个跟着我去办公室厮混的小姑娘。就这么无聊的游戏和对话,我们能玩上一两个钟头。当然不只这种游戏,我们也玩用力瞪着对方看谁先眨眼的游戏,玩谁先笑的游戏。她总是输给我,这方面她毕竟嫩了点。

写到这里,我抽一根烟发了一会儿呆。好久没有长长发呆的时间。一部总在运转的机器其实连生锈的时间都没有。没什么机会看见天色渐渐变暗,像她说的翅膀渐渐藏进羽毛。

往往,天总是很快就黑了,有时窗帘都还没有拉开过。晚回去的时候,想打电话给她,让她先别睡,想说:"等我回去抱你一下再睡不迟。"有时她竟然真的还没睡。她会提醒我周末答应带她去玩。

她还没有意识到的是,其实是她带我去玩。等她意识到了,她就不会带我玩了。

有一次,我照例晚回来,看到她放在桌子上的笔记本打开着,上面写着:"爸爸,两天没看到你了,你还好吗?"

她已经睡着了,两边脸蛋因为侧卧的原因挤在一起。我就那么看了一会儿,觉得想写封信给她。或者写一首诗给她,从她出生那天就想写的,但一直没有写。不过又一想这未免矫情了点,什么类似你以后要经历什么注意什么你要怎么对待生活对付我这样的坏蛋之类的,未免操之过急,关键是她绝对会忘记。所以我写了两句话:"蒲蓝朵同学,不知道为什么,就是有点想你。爸爸爱你。"

她在睡梦中，应该不会梦见我，但我觉得感觉不错；她在长大，应该不会长成我想要的样子，但我觉得挺好，我等待她随便长成什么样子。

就是希望自己别长成她讨厌的样子：没有痛，也没有爱，也没有梦。

就是不知道她长大后有没有人给她写这样的情书。

诳语

陶潜的《桃花源记》中写道:"晋太元中,武陵人捕鱼为业……"这渔翁的老家武陵,就是常德。读高中时还听过一副很有味道的对联:"常德德山山有德,长沙沙水水无沙。"湘资沅澧,沅澧皆过常德。

但是我要说的是津市,就是常德的津市。澧水边上,从我上过的高中往河的方向走,大路笔直。许多年以后我还记得,当年北岸那些木板的楼房,在日光下呈现出古艳的青黛之色。轻烟细雨里,拍电影的人们很忙。身着清兵服装的现代人把一具具活人死尸抬来抬去。在长街上,在打伞观看的人群中间,你可以看到一个少女。她眉毛俊秀,鼻准完美,唇齿被上天处置得十分美观。一颗暴牙别出心裁。胸脯高,脸儿白。一切令人怦然心动。

那就是我。多年以后,细小的皱纹暗示我已经奔向衰老。但少年时的我竟然那么美丽,令人一见惊诧。《楚辞》中提到的那种云中君——山鬼,恐怕见了我也得低头让礼吧。

津市是一座昔日繁荣而如今已衰败的码头城市。虽然还没衰败透顶,但已无可挽回。多年以前,有"湖北沙市,湖南津市"的说法。在这种固定语中流传的必是超然众城而上之城市,好比说"上有天堂,下有苏杭"。闲暇时你可以想象许多年前"烟雨津城"的样子。鱼顺着街道游进少年的卧室。县城街上满是雨声浮动,小姑娘们站在门槛上对街上檐溜出神;窄巷里石板砌成的人行道上,更小的孩子扑通扑通地跑并且呼呼哈哈地笑着。这是繁华的余音,无聊之夜的虫鸣。

这一切已成为过去。我在多年以后只是听说过一些。

我只知道在没有大人的房间里,坐在穿透窗户的大片大片的阳光底下。少女们在叽叽喳喳。她们用镊子夹住脱脂棉,蘸上满满的酒精,并极其小心地将散发着酒香的脱脂棉放进年幼的下体。很快,冰凉的快感从两腿交叉处将姑娘们击得粉碎,身体发肤,完好如初。多年以后,她们躺在各自男人的怀中，一定会记起我曾带她们玩过塞脱脂棉的游戏。我们还会把脱脂棉塞进耳朵和鼻孔。将脱脂棉塞进鼻孔里的时候，打喷嚏的欲望总让我们的游戏半途而废，我们之中至今从未有人从头至尾地体验过从鼻翼传递过来的好似浮在虚空中并且神经业已麻痹的无可追寻的白日梦一般的快感。当我闭上眼睛时，我仿佛在阳光下向天上飞去。幻想的天空中云彩罅缝间金光闪现。十多年后的今天这些幻觉依然常常使我不得安睡。它让我相信幼年的混沌总试图带我回到那过去空白的宇宙。

我那时候就知道脱脂棉不可进入幼嫩的喉咙，因为高纯度医用酒精会让我中毒，会让我看不到我所看的，听不到我所听的，不能在夏天的日光下晾晒耀目的衣衫。我也无法告诉你，澧水水深而清。鱼大如人。

我只有死路一条。那样我就不可能在稍后一段时间里尝试津市牛肉干带给少女们的与蘸了酒精的脱脂棉所带来的完全不同的畅快。它香辣无比，有点刺痛。自此我完全放弃了玩酒精脱脂棉的爱好，也渐渐戒掉了和男生们脱掉裤子互看的习惯，只是每天走在长长的街上，在澧水河边，在河边的竹林里看那些我现在依然不知其名的水鸟。它们身小轻捷，活泼快乐，鸣声异常清脆，但是对眼前的人丝毫不感兴趣。

当年我站在澧水岸边高处，回忆我吃过的蔬菜，唱非常好听的歌。歌声沿城围绕，一头栽进河水中有太阳光辉的一半。它必曾在山外重山隐约。一切如画。终日疯狂。在学校的黑树林里我由于亲嘴而嘴唇肿大。初吻使少年不能回家的事实让我又一次记起塞脱脂棉的游戏。我身体里被填充过的和将要被填充的一样让我不放心。关于疯狂的传说在津市这一小小码头城我听说过不少，当我看到《镜花缘》里的女儿国，津市，它是以我为王的女儿国这一想法在我脑海里出现得那么普通，那么自然。总有一天会出现这种现象的。多年以后的今天我还记得那时我坚信这一点。我还曾为那些我爱过又抛弃的男人们担心，他们是出去打仗征服世界了，还是在家洗碗、扫地、擦桌子？莫非是看孩子乎？

我家在澧水南岸，公路也在南岸，因此去我家非常方便。作为旅行者，我每年回去两次。虽然坐车很辛苦，我的衣衫却很整洁，就像那漂亮的古代诗人必对自然的雄伟表示赞叹一样，比如李白说："飞流直下三千尺，疑是银河落九天。"我从长沙坐轮船回津市,会在船舱中告诉我远在资水中游的男人,津市溪流萦回,水清而浅。而他身长而瘦,英武爽朗,见过他的人都十分惊诧。

第二辑

我可以硬起心肠
但是柔软的东西使我遐想

火　光

广播上说今年的天象会很奇怪。八月十五，月亮会圆。如果你眼睛锐利，今晚把头抬着，在一片空旷里仰望，对准月亮所在的一片晕白的区域，还能看到金星。它紧挨月球，点缀在有如沾染了碳素墨水而没有洗净的深蓝衬衫的天幕上。

我从书架上捡了一根抽了半截的烟，重新点燃，往嘴巴里送。夹烟时拇指在下，食指、中指在上，另外二指悬空。这一动作遗传自我马上要写到的这个人。

他戒烟的那一年，我学会了抽烟。烟经常放在抽屉里。点燃后，我用拇指在下，食指、中指在上，另外二指悬空的方法固定它。

高中的时候,我被青春诱惑,在书本上学习成为男人。在厕所里白炽灯下吐出一个一个细小的烟圈。青春使人愁,我只知道烦。只懂得张口,甚至不伸手,索要我所要。我烦所有亲人,烦一切周围的人。一张涂有暗红油漆的课桌待在最里一列最后一排,书本高高地堆在上方。在那里,我把头整个埋进,完全消失。

人们说无论俗人还是世外高人,都可以找到乐子。人们说我们这一代生活在蜜罐子里。很小的时候,不知几岁,爸爸把我按在长凳上,挠我的胳肢窝。我身体为之扭转,笑震屋瓦。当我就要滚落,他瘦长的手指将我紧紧抓住,重新放到凳子上。我笑得头晕了,嗓子干了,就准备哭。哭出声之前我把口水朝他吐去,他一闪,口水什么也没碰到,不曾污染到他,反而又落到我脸上。他看到我要用手背去擦的时候,一面哈哈大笑,一面用右手扣住我的双手,用左手抓捏我的侧肋。最后我没有哭成,因为不知道什么时候,我不再哭,反而笑了。

我犯错的时候,他在桌边吃饭,喝酒,命令我站在一边。我需要立正,不能动,除非给他盛饭。或者他已远去,在另一座山脚,在另一个河湾的牌桌或酒桌前。或者在灶火前,我跪在地上，有几次他想加铺点碎瓷瓦碴，因妈妈反对，一直不曾实行。或者在墙角拿来已经枯黄不新鲜的竹枝，朝我屁股上抽打。我的膝弯以上腰部以下，留下若干长条状深浅不一的红色突起。

令我受罚的事件有逃学、偷他钱、下河、偷懒、贪玩等。我熟悉他酒醉后狂暴的脾气，那幅图景，我已经习惯，还不等他举起酒碗，一砧板干辣椒尚未切完一半，下酒菜——干辣子炒猪耳朵、干辣子炒鸡胗、干辣子炒鸡蛋——还在他的口中滚动时，我就知道他面庞血红眼露凶光的样子。

他凶得真够可以。一醉酒，就吼着、吐着，满屋都是秽气。他举起菜刀吼着，一刀砍下去，在门闩上留下了口子。

二〇〇三年，奶奶死了，他靠在门槛上哭了，肩膀一耸一耸的，有时还传出压制着的声音。那是我看到的唯一一次。有时他烂醉如泥，鼻涕和眼泪混在一起，把脸上抹得亮亮的。这一切反着十五瓦的白炽灯的光。我想那是伤心，但不一定是哭，伤心不一定哭。

因为我也曾醉过几次。我的一切行为都被我意识到了，但是我管不住它们。我不想哭但是泪水长长地流，我不想晃但是蜿蜒横行、踉跄摇摆，我不想但是那酒气像他的酒气、他的胡子扎着我年幼的脸蛋，那上面曾留下他淡红的掌印……

我后来知道，二〇〇〇年他和妈妈曾经闹过离婚，但没有离成。亲戚都对他敬而远之。这一点，我很明显地感觉出来了，因为我一见到他们，就会听说我爸爸是个浪荡子弟，游手好闲之徒，打老婆之徒，不负责任之徒。

只有奶奶爱他。爷爷爱他。我爱他。妈妈爱他。妹妹爱他。爷爷最爱。也许还有我不曾听说的老情人一类爱他。而他？我的感情丰富也传自他，我的不愿意轻易表达爱也传自他。脸上一副无所谓吊儿郎当的样子使所有人在初次相遇的时候都给我一个"那样"的帽子。我后来从某人口中清楚地知道女人对于我的恐惧，她们把这种恐惧归于我是天蝎座，应该是星座替我背了黑锅。我嘴上没说什么，我不想说我的想法。这一点我和我爸爸不同，他总是交谈的中心、言语的发动机。但是我从来没听他说过爱。他说，豪爽，他说，仗义，他说，有味道，他说，"后来那个叫夏洛克的只好把一半财产分给了他"……但是我从来没听他说过爱。

在我仔细清理过的记忆里，有几个季节。一个是小学时代。夏天,一天他和妈妈在房里说话。那时他们年轻,话很多。他的罩衫放在外面,我一点一点地从口袋里掏出几张票子,共计一块三毛钱。我用这些钱吃了一天的冰棍,一毛钱一根的绿豆冰棒,或许还有饼干。他发现后,默不作声,到柴房去拿竹枝。我妈妈就停止了骂我,对我说:"你还不快跑?"还没等我跑到门口,就被他捉住了。他用瘦长的手指抓住我的后背,开始抽我。由于是夏天,我穿着短裤,因此非常疼。幸好我妈飞扑过来,抱住了我,对他说:"你怎么这么狠心?血都抽出来了!"

一个是初中时代。春天。我差不多三年没见到他了。从广州回来后,他听从奶奶的意见,到学校去看我。他到时已经天黑了,我被从自习室叫了出来。听说我成绩很差,他把我臭骂了一顿,我很委屈,就哭了起来。过了大约半小时他要走的时候,我早就停止了流眼泪。因为我想起更小的时候,五六岁时,有一次我感冒打针,觉得很疼,每次都哭。不知道是因为把他惹烦了还是别的,他对我说道:"这么点事,不要哭。"我从此戒掉了怕痛苦的恶习。谁知道在一棵广玉兰树底下,他紧紧抱了我。那时他还没有戒烟,所以我闻到了很浓的烟气,而以前我从未闻过,因为他从未抱过我。抱了大概一分钟,他说:"力子,回去上课。"我可以硬起心肠,但是柔软的东西使人遐想。

一个是大学时代。冬天。奶奶死了,他靠在门槛上,捂住脸哭,肩膀一耸一耸的,有时还传出压制着的声音。

今年暑假,我和妈妈在他打工的地方见到了他。他打工是因为我需要钱上学,而他在那里打工是因为他在又一轮硬碰硬中无可避免地受伤了。也许是在一个我躺在床上抽着烟、想着某个女人的身体的夜晚,他在工地上抗议老板欺人太甚。结果,像所有历史上硬碰硬的事件一样,某个人输了,某个人赢了。我不知道细节,不知道争吵的言辞,但是我知道,如果没有我,他不会甘心受气。他只是嘲笑了老板脸上肥大的笑容,然后卷起被子,去老板指定的工地干活。一个叫沙坝的工地。

他忍了。老板让他到更累更晒赚更少钱的地方去干活,他答应了。他的腰板比我还直,但是舌头软了,嘴软了。

他说,别以为自己对,就那么……我看到一颗血红的心正在渐渐萎缩。这颗心曾经吃尽了苦头,在硬碰硬中使全身受伤。他的嬉笑怒骂在我眼里曾经是神奇的举动。在我眼里他曾经是个神奇的人,谁都不怕,聪明而有力。在我眼里他曾经为我所敬畏、所爱,视为英雄,现在他血红的心渐渐萎缩了。

在工地上,我看到他穿着宽大的汗衫,头上的安全帽是黄色的,全身晒得像一块焦黄的腊肉。他拖着一辆小翻斗车,里面装着砖头、木头、小石头。他经过我和妈妈身边的时候,走了过来,在水龙头下洗了脸,吃我们带过去的西瓜。他说,这个西瓜还没熟。朝我们笑的时候,我发现他的牙齿因为戒烟已经白了很多,同时头发也白了很多,因为老了。他老了。

他说:"你们在这里坐一会儿,我六点下班。"

他送我到车站,对我说,到了那边马上打电话过来。我答应了。但是还没到,已经接到他的电话。我想起以前他曾经几年不看望我一眼,对他说:"爸爸,注意身体。注意安全。"

因为他说工地上有一个人摔断了肋骨。听到我说注意安全,他告诉我他在底层干活,没有摔下来的可能,否则就要摔到地下室去。他的语气里透露出一种疲惫的天真气息来。

一个冷酷的人,他在我心里留下摩岩刻成的雕像。我从头到尾回忆我的过去,用编年体翻阅我的童年与青春,今天我变老了,他更老了,更老了,更老了,我一直在等待他的爱。他不曾言语却引领了我心灵的成长。我由他知道除了冷酷,还有另一种对待人们的方法,我由他知道如果我的青春还没有过去,我的少年意气还一息尚存,那是因为我身上流了一半他的血液。

他的嬉笑怒骂、惊人的有趣都呈现在日光之下。只有极少数人知道暗涌潜流在一个人心底的会是什么。一个男人的心好像北方的深井,井水里映照飞鸟,有行云,青苔幽暗。但是这些不是男人的心,男人的心是那深不可测的井水。它融合你的口水,甚至能接受便溺。你扔烟头,看不到波澜;扔砖头,看不见波澜,甚至听不到回声。一口井深藏在大地的内部,它能承受一切悲欣,就算你沉下尸体。

它的表面永远是水。当你用长绳吊了木桶,打一桶水上来时,你才发现,它已经不是原来的水了。它失去了矿物质的甘甜,失去了土壤岩石的阴凉,你不消毒,就不能饮用。

一个被污染的人,一个多么乖戾的、神奇的人,他内心隐藏的只有两种物质:一种是苦,另一种也是苦……

佛经里的苦,生老病死,无法逃避,不能改变,可以宽心看它们,不管不顾,豁然,达观。但是怨憎会(与不喜欢的人或事相聚)、爱别离(与喜爱的人或事物别离)、求不得(得不到渴望得到的东西),似是安排,却是捉弄,固然可以以顺处逆,全力搏斗不计后果,但万籁俱寂的夜里,风虫凄切，辗转反侧，是眼中有火光的人们共同的痛苦。

  疲惫不堪还要精神抖擞，腰酸背疼不能就地而卧，不说闲适，只愿得片刻懒散，让奔波者在树荫下的石头上歇脚。

妈　妈

马路十分弯曲,有时比河道弯得更远。我睁大眼睛,眼睛清澈,但是我看到了闹马山,看不到更远的路。它已经拐到这座山的背后。

马路边有一堆碎石头,红色的,带点土黄。我就坐在石头上面,从早上坐到晌午,从晌午坐到傍晚,等我妈妈回来。我清晨醒的时候,没有听到妈妈叫我起床,心里窃喜,翻身又睡过去了。

妈妈出去了,还带着妹妹。我想她可能去山里了,就吃了饭,很高兴地去玩了。

饭是在锅里热着的。等我玩一阵回来,没有发现妈妈回过家的痕迹。我想,妈妈可能去亲戚家了,我就在马路边等她吧。

我手里有一个口琴,是妈妈那次从广州买回来给我的。

两块钢片中间夹着一个长方形的塑料盒,当你吹它的时候,就会像吹钢笔帽一样发出声音。但是它们的声音截然不同。我把它日夜藏在兜里,抓在手里,连我妹妹也不让碰一下。所以我等我妈妈的那天,它还没有划痕。我把它从左吹到右,从右吹到左,或者在一个地方长久地停留,那声音凌乱,有时悠长、高亢,有时低哑而颤抖。很多小孩羡慕我,很明显他们都想玩我的口琴。但我理都不理他们,只是坐在那里,朝我妈可能回来的方向看着,看累了就吹,吹累了就看,有时边看边吹。

多年以后我回忆当时的景象:我坐在碎石堆上,双腿胡乱摆放,心里的慌乱就像成年后等待我的情人。不同的是,那时我的眼珠黑白分明,阳光照在瞳仁上,是棕色的。在我眼里,屋是屋,瓦是瓦,牛毛是牛毛,牛虻是牛虻,所以,根本不用担心看不清我要等的女人。

而且,那个女人必然是爱我的。在我还不懂爱的时候,还不曾说话的时候,还只会哭闹的时候,还不会走路的时候,还赤身裸体的时候,还不知道她的名字,不知道她的生日,更不知道她的生活的时候,她就爱我了。就算在我最烦她的守候的时候,她依然一声不吭。

那时我要等的就是这个女人。多年以后我想起当年年幼无知,不知道为何而等,但是正因如此,没有目的,只为了等一个人而等,才让我难以忘却,忘记不了。

猪在石堆边拉了一堆猪粪,是青绿色的。荷锄挑担的大人走过我身边,问我:"力子,你在这里做什么?"我说:"我在等我的姆妈。"赶牛担柴的小孩走过我身边,说:"力子,回去啦。"

我看着太阳马上就要落山,肚子饿了。妈妈出现在我的视线里的时候,已经离我很近了。如果是白天,我会更早一点看到她。她手里提着一个袋子,袋子里有一块腊肉。她拉着我的手,我拉着我妹妹。

那天晚上,我们把那块腊肉吃了。如果我爸爸在家,他也能吃到,但是他大概一九八九年就到广州去了,一直很少回来。

一九九〇年,我九周岁。我家旁边是一块很大的荒地。后来,有人要盖房子,就在上面夯出了一长棱一长棱的窄窄的土墙,锤得铁紧铁紧的。又挖了一个大坑,把挖出来的黄土倒上水,用人踩,拉着牛踩,踩成黏糊糊的泥巴。由一个力气大的人,用一张像弓一样的东西和一个四四方方的木框子,摔、划、空,做出砖坯来。另外一个,一般是力气小点的小孩或女人,四个砖四个砖地端在木板上,整整齐齐地码在土墙上,一长溜一长溜地,一层一层往上叠。砖墙边摆放着沥青纸,也有的是稻草或塑料薄膜,平时让砖晾着、晒着,雨来了就用这些东西盖上。

不久,砖墙就很高了,比大部分小孩都要高。我们不用干活的时候,就在砖墙与砖墙之间追打。大人不让我们那样,包括我妈妈。他们说要是砖倒了,就会砸死我们中的某个人。可是砖墙从来没有倒过,从来没有人因为砖墙倒塌而被砸死。我们从无惧意,在里面穿行,你追不着我,我追不着你……多年以后我回忆起这些动作,已经完全失真,在记忆里,小孩们像风一样,他们还是在追打,但是完全不像人,倒像风,只有动作,没有形体了。

有一次,可能在玩这个,也可能在玩别的,我记不清了,但是肯定是在我家旁边那块很大的荒地里。妈妈叫我回家,我不情愿,就没有回去。妈妈叫了第二次,还威胁我"你到底回不回来",我还是在荒地里。不一会儿妈妈把我抓住了,她跑得比我快。我蹲在地上,让她拉不动我,就算拉动了也十分费劲。由于那时我年小体轻,可是力气不小,妈妈就放弃了跟我斗力,反而一把将我抱了起来。我哭叫也没有用,蹬腿也没有用了。

到家后,她没有打我。她说她那天要出门,让我到奶奶家去住。我不去,她这才打起我来,最后又把我抱走了。

第二天早上我很早就醒了。在陌生床上我总是醒得更早。

吃过早饭,我跑回去,看我妈妈回来没有,却只看到大门小门都上了锁。奶奶告诉我,我妈妈到广州"寻钱"去了。

我不知道"寻钱"是什么意思,但是我十分不喜欢问人。我曾经问过我妈妈许多问题,但是我似乎从来没有问过其他人问题。我问她,外国是哪个国家?她说,外国是除中国以外所有的国家,英国就是外国,对于英国来讲,中国也是外国呀。我问她,那为什么所有国家都要叫一个名字?她说……我似懂非懂。我问她,毛泽东和毛主席是不是一个人?她说是,就像力子和力宝也是一个人一样。我就知道我错了,因为我曾经和别的同学争论说那是两个人。现在我也不好问她"寻钱"是什么意思,就自己猜了起来。我暗暗想,"寻钱"大概就是在砖墙那样的地方找钱吧,大概就是低着头,看地上有钱没有,有就捡起来。这个想法伴随了我很多年,一直到上了初中,我才知道"寻钱"原来就是"打工",就是给别人干活,收别人点钱。

从此我就跟我奶奶住在一起。十几年来,妈妈回来过几次,爸爸也回来过几次,他们还一起回来过几次。我从此更加不愿和人交谈,但是对于妈妈的想念,却使我在公共汽车上,在厕所,在深夜,在课桌上,大声哭过几回。

这些事情我都不曾告诉妈妈,但是到前不久,在青春的各种情绪把人弄得崩溃的时候，在我的爱人似乎离我而去的某一天，我在妈妈打来的电话里说着说着就哭了起来。妈妈说："力子，我挂了。"我想她可能躲到一边暗自伤心去了。她担心我，但更怕我担心她。我真后悔没有忍住眼泪。

我把对一个女人的思念写出来

也许这篇文章太长了,但是你看完它,一切梦想都能实现,一切光荣、一切幸福,以及字典上一切为赞美而预备的字句,全都是为你而存在。

——蒲荔子

二〇〇二年三月我在网络遨游中找到了一个人。那就是三月到五月我经常和你们说起,经常借黄火冰手机打电话给她的女人。我对她说过我喜欢她。现在,我把我对她的思念写出来。

在生活中,我的生涩,我的外形的冷静甚至木讷,我的不成篇章的言语,甚至我东倒西歪的步法,都表明我不宜在正常的空气中享受欢乐与爱,难得有你们几个朋友喜欢我。对于女人也是，我喜欢网上，单刀直入，爽快，我不想费神，懒得应对，只求方便干脆。所以我短兵直入地夸赞她，说"我喜欢你"。我表明我的心意，如长江在峡黄河在壶，忍不住了，奔腾狂泻，丝毫没有拘束。这一点你们恐怕没有想到吧。

她二十八岁，有一个同学兼男友。但她还是不干。当她听说我二十一岁，听说我还是个行事莽撞的学生时，她说，叫姐姐。这不是女生的虚荣，而是一个女人躲避的招数。

我突然流下了眼泪，那时泪腺还真是发达。为我只能叫她姐姐，在偌大的人员拥挤的网吧，泪水不间断地流淌，我眼神恍惚。她安慰我，说："傻傻，抱抱。对不起，亲一口吧。"

亲爱的朋友，我对她投入了不加修饰的热情，我对她比对一般人，比对你们，心灵上贴得更紧。但我只能叫她姐姐。那就叫姐姐。我不甘心，嘴上叫她姐姐，心里隐藏了大片令我无法安睡的潜默着的爱意。黄火冰应当还记得，我喝完酒，醉意已深沉，但是一直和她打电话，不着边际、低沉地唱歌，直到手机没电了才罢休。我只是过分想她。早上，中午，下午，课间休息时我打去无数的电话，说些茫然的发痴的话，我心里才能得到些微安静。

这个女人对我温柔体谅，极力容纳小她七岁的我的莽撞、我的热力。在每个月明星稀的夜晚，尽管我兜里只剩下九角钱用来迎接明天，但是迷迷糊糊的对于"姐姐"的幻想悄然给接下来的日子涂上崭新的色彩。她每一句话，每一声称呼，在信里，在电话里，在繁忙的上午，在夜深人静万籁俱寂的午夜，都让我得到极深的感动。每次都是新的。如果允许我说得酸一点，那是她温暖了我的心。

凌晨我给她讲故事使她入睡。她像一个小小的女孩，听到我胡编的总是以她为主人公的童话，发出清脆的笑声。我让她唱催眠曲，她用很清脆很动听好像流水的声音，唱《红蜻蜓》。"晚风中的红蜻蜓呀，请你告诉我，童年时代遇到你，那是哪一天……"当曝晒在日光下，她又亲切地叫我傻傻，和夜深的脆弱迷离毫不相干。我疑心那是两个人。但是我也乐意这样。在她一声含糊的"哥哥，我想你陪我睡觉"中，我的心剧烈颤动；听到她越来越缥缈的歌声，最后无比轻地像在耳朵上吹气一样说"傻傻，我们睡吧，我们做梦"，我朦胧中梦见她，有时在中央溪流穿过野花遍地的草地上奔跑或静坐，有时竟然坐着飞机，手里牵着一个漂亮的女孩……

这些你们都不知道吧。后来我再也没说起过她，你们也从来没问为什么。也许大家都以为这只是我对女人普遍的情感。可是不是。去年今日,二〇〇二年五四青年节,我想去上海但没有去成,却在一个叫大坝沟的国家森林公园玩。回来后她已经走了。我什么心思都没有了,也没有心思和你们玩。现在已经过去整整一年,我想写下我对她的思念。

这是她写给我的最后一封信。

日期:Sat, 4 May 2002　03:51:52+0800

傻傻,平时在电话里总是要你多说话,今晚你不能开口,我就多说一点儿,算作临行前的一点弥补了。

现在才知我们两个人是谁被惯坏,电话成了安神助眠的良药,少服一剂,觉也睡不安稳了。

祝你玩儿得开心!

语气平淡,一如那天的天气。中午一点她会登上一架飞机,她以前就跟我说过,但是她说半个月就回来。我有点失落,但是并没有失去希望。我想她,但是想不到再想她也见不到她了。我写了无数的邮件给她,基本上是一天一封,或者更多。我无数遍地听她发给我的,我们一起听过她唱给我

听过的 *Say Forever*。听了数千遍,发给很多人听,告诉他们,听听,这是一首很真情很动听的歌。我给邹雅婷听,给孙奇听,给陌生人听。他们基本上都说:"神经病,肉麻。"或者以为是病毒,根本不打开。其实这是当时网上流行的一首 flash 歌曲,如果不是我姐姐发给我,我根本就不会知道。后来呢?后来我还是写很多的信。那些信现在都在一个网易邮箱里,那个邮箱为我正在想念的一个女人拥有。大部分我自己已经看不到了,我还曾经使坏,想把那个邮箱打开,但是不消说以失败告终——我除了疯狂的爱,不是一个什么高手。

我想说:"姐姐,如果我做错了什么,那是因为我太想你了。虽然已经过去整整一年。"

你们曾经经常听说但是已经没印象的那个女人,我现在把我对她的思念写出来。在此之前,二〇〇二年五月四日,我从大坝沟回来,一下车,马上跑进网吧,把这种感情写进一封邮件。我把邮件粘贴如下。

日期:Sat,4 May 2002 15:49:29 + 0800

Sat,4 May 2002 03:35:44 + 0800。姐姐,这是你写这封信给我的时间。青年节的凌晨,你竟然没睡。白天你怎么战斗？你是打算一直在飞机上睡觉，并且梦见自己一直清醒吗？你梦见自己梦游，主要活动范围是天空。除了个别在天上闲逛的云朵什么人都没有。你发现，你躺在太阳的睫毛下。你在自己的脚趾里开波音747。波音747是一架飞机，你今天就坐在里面，眼睛都没有闭。

我刚才下车了，吃饭了。在吃饭之前给你打电话了。还是那个机械的男声在说话。这次是真关机不是假关机。因为根据你后来的描述推算时间，那时你应该正在飞机上做梦。你不是说你很容易睡下吗？而且没有人和你说话，不说话，一下就睡了。会看到什么？会梦见什么？

我则不然。没有人和我说话，没有那声音，我会一直想下去。慢慢下到深渊，想象自己在里面走路，遇见一个人。那就是我正在想的人。

按照计划，我一到山脚就可以听到你的声音。但是远远出乎我的意料，那里连一部公用电话也没有。手机也没有信号。只适合想绝食而不想被人看到被人找到的人去。我们就只好爬山。有一个女生走得慢，虽然脱下外衣，还是慢。我在后面和她慢悠悠地走，在半路上有一辆车把我们拉到了中心地带。在那里我们继续往上走。

越过一座木桥，有一些木房子零星分布。还有很深的青草,但是并不茂密。在一张桌子边我们围坐着玩牌,冷风的方向变幻不定。吃了一些瓜子,发觉并不好吃,有一个女生已经发抖。

因为山上气温低,我们就想走路驱散寒冷。就在这时我看到了一个电话亭。那是我在上面搜寻良久发现的唯一一个与电话有关的房子。但是和他们走在一起,我不好意思。我失去了那唯一的一次机会。天色也在此时开始变暗。我们换了一条路,遇到一些水,一些人,一些树,一些花。还吃了很多东西。体力是那样充沛,我真想在每颗石头上画上你的影子。

听说秦岭分水岭是很有名的景点,我们计划往上冲。走了不到三里,碰见一个瘦一点的老人,他告诉我们,分水岭不是那么好上的,来回至少需要五小时。我们听话地折回了身,寻找住处。

住处不是那么好找的,主要问题是太贵。女生们都不同意。后来还是她们出面,问一个出租马匹的伯父模样的男人有没有便宜的客房。他说有,在射击场。

当晚我们在那里待到第二天白天。我们是这样待过去的。你还有兴趣听我啰唆下去吗?我真是太啰唆了。

我们玩升级。湖南式,跟陕西这边很不一样。又打麻将,我不大会,一个女生就教我。两三把之后我熟了一点了。真是牌场新手显威风,初生牛犊不怕虎,结束时,他们都输了。打完牌我们依次睡下。但是我睡不着,因为我在想你。一个女生也没有睡,我就和她说话。我告诉她因为想一个人我一点儿都不想睡,她说她的被子太薄了,她眼睛都觉得冷。我们开着灯聊了很久。我说,我喜欢在深夜和人乱说。我指的是我姐姐,她那时也在想我吧。因为那是在青年节的凌晨……

在找到房子以后睡觉以前,还发生过一些事。

今天我看了一个三叠瀑布,很平常的瀑布。但是沿路有很多树,表面一层柔韧的皮吊着挂着。有人说那树皮可以写情书。就是说,可以写字。我撕了一块,那上面还有好似格子一样的条纹。

我用小刀在一棵树上刻下你的名字和日期:茱荑2002.5.4。

11点多开始下雨。很小。12点多,我又十分想给你打电话。我忍耐了一下还是决定再去一次那个房子。我要那个女生陪着我,走到那我见到的有电话的房子里去。到了那里,一个人说电话的主人不在。我垂头丧气。那个女生安慰我。在走下来的路上,我们看到一只松鼠在马路中央摆动它的大尾巴。在我们走近的时候它迅速地溜进了丛林。

后来在车上我才想起，你一点就要上飞机了。所以我才会在那个时刻心神不宁。在车上我想，要是车子滚下山崖，我就再也见不到你了。在心里满是美好的时候，那些关于灾难的想法总会莫名地出现。我想要是真的滚下去了，我紧紧抱住座位，说不定有生还的机会。整条山路都是旋转的，陡峭的，狭窄的，我一路想着你经过它们，并在车里想象一切有关你我的事。我见过比那更险的山路，我也往往把注意力集中在那些路和路旁的事物上。但是这次，是一个更遥远的人在我的面前闪动。当车将到沣裕口的时候，你应该正往飞机上走。有人对你挥手说再见吗？

你什么时候才可以见到这封信？

后来我没有看到她的回信。我曾把脸重重压在被子上，粗重地出气，可还是减轻不了心中的思念之情。大概这就是书上常常说的人生渺茫无端，既已成灰之心，就算了，不温暖你。我也哭过，写过无数的邮件，在聊天室到处问人，根据她留下的只言片语四处贴寻人启事。可是我什么也没找到。不怕你笑话，我是哭过，我能用力量来爱人，当然也有力量痛哭。

日期：Wed，22 May 2002 12∶01∶18 ＋ 0800

主题：5月21日至22日，姐姐，我把21日或者22日写的日记给你看。因为已经躺下了，又不知道躺了多久，所以在日期交接的地方，我很模糊。

5月21日，晴，星期三。

今天是茱萸的生日。我是通过网易邮箱查到这一天是亲爱的姐姐的生日的。这样私自行动，也许她会怪我。但是谁让她不告诉我呢。

我不能平静地说这些了。我想极了茱萸。另一方面由于肚子饿了，我睡不着。我突然叫出她的名字，真希望她在身边，我抱着她。刚才躺在床上，我想的就是这些。

昨天晚上我发了三张贺卡给你。虽然你今天不会看到，我也发过去了。我很希望你能看到。它们会告诉你我在想你，茱萸。发贺卡的时候我的心还是平静的。心里只是想着她，很舒服。可是现在我有点受不了这煎熬。现在是半夜。身边轻微的鼾声，使我想起你。还有闹钟的走动声，耳朵里寂静发出的声音，蜡烛的光，手的影子，这一切好像都与她有关。我写得飞快，字迹异常潦草，可还是赶不上我想念她的速度。

满篇都充斥着"想、思念"一类的词语，并且还将继续，只是因为我只能想到这些。

我一直在想她为什么还没有回来。我能想到的唯一原因，只能是她那边的事情还没有办妥。我梦想她此刻就在往回飞的飞机上，心里偶尔也想着我。如果她把那封信带在身上了，闲暇时候会不会看？会不会突然想起我？会不会意识到此刻我正心急如焚地等待她回来？

我昨天晚上让一个网友帮我做张贺卡，好送给你。可她没答应。要是我自己会做就好了。

5月19日晚上，我碰到一个上海的女孩，名叫忘忧草。我让她帮我在5月21日打电话给你，在你生日这天，告诉你我在远远地源源不断地想你。她竟然答应了。我把你的电话号码给她了。今天在网上又碰见她，她告诉我，她从早上5点开始拨打你的电话，一直无法接通。我让她晚上再试一次。我知道最大的可能仍然是无法接通。我只是想让她试。我无比希望你在今天给我一个消息说你回来了，可我心里清楚没有那么凑巧你恰好赶回来。晚上我仍然一直打你的电话。要是那个说蹩脚英语的男人的声音突然消失该有多好。我会等待这边的铃声响起。随后你对我说："我回来了。"我会拿起话筒，叫你姐姐，对你说："姐姐，我爱你，我想你。"

写完这些，我心里安静一些了。我想要是我能睡下，我就马上睡。只害怕放下笔，你又钻进我放在枕头上的脑袋，并且

整晚都不离开。我没有安眠药。(后来我睡着了,我写完这封信,渐渐平静下来——5月22日傻傻注)

还有两段,但是我不写了。傻傻5.22。

日期:Sun, 9 Jun 2002 22:52:33 + 0800
主题:RE:没药了(6月8日或9日)

姐姐,"没药了"是你最后一封信,是5月4日凌晨3点51分写来的。当时正是你出去的前夕。我没能在最后一刻和你道别,当时的情形在5月4日我给你的信里说得很仔细。后来我又给你写过信,那一段时间里几乎是每天一封,有时不止一封。纵观一个月零四天来的我,有一个遗憾——没等那半山上电话的主人回来就轻易放弃最后一次和你说话的机会。有一点失望——没在半月之后见到你,甚至在5月21日也没有见到。有35天在希望——你突然出现了,我猝不及防。巨大的措手不及的快乐在祖国的西北方活动。

今天特地赶来跟你说话。写完这句,我有点幻觉。脑子里出现一幕场景:我在坟场里。芳草萋萋,树叶从四面八方落下来。走路发不出声音。空中飘荡着歌声。好像你已经死了,我在跟一张照片、一块墓碑说话。我把花放在石头上。也许是草上,也许是泥土上。我无限悲伤,但是看不到你。眼前一片空旷，仿佛所有景象都打算提醒我你已经消失了。今天这一想法异常强烈。我胆战心惊，身上起了寒意。也许是空调的作用吧，我不知道。我担心你黄鹤一去不复返，又希望一切都是我自己在吓唬自己。

坟场上还有歌声。那是因为我正在听那首我们都熟悉的歌。但是现在可能我更熟悉一些。刚才，写信之前，我把你所有的信又看了一遍。第一封是4月8日。其中一封标题是：SONG——自从你走了以后，我无时无刻不在想你……你完全地消失了。但是反而在我心脏里显现出更茁壮的长势。姐姐，你无法想象，我从未谋面的那个人的景象如何控制我的心灵。她把我放在一个名叫中国大陆的孤岛。

一个月以来我沉浸在巨大的思念里，并且满心欢喜地等待那个人。一个月当然无关紧要，一年也可以忽略不计。姐姐，我冷静地说着这些，内心的部分情感总是试图冲破人为筑造的屏障。关外匈奴神勇无比，"万里长城"显得萎靡、松垮、破旧、不堪一击。

如果有所谓的心灵感应，我当然愿意放弃我的泛无神论立场。我接收不到来自你那边的信号，而发自我心脏的信号遥指天边，为云雾所吞没。这件事将我的心力耗费殆尽，因此当我必须安静地做某件事时，我就唱《国际歌》。说出来可能把你笑死了。歌词是这样的（我只是反复唱其中一段）：

从来就没有什么救世主/也没有神仙皇帝/要找到人类的幸福/全靠我们自己!

这是最后的斗争团结起来到明天英特纳雄耐尔就一定要实现!

当然我只有我自己一个,没有团结之力;我与解放人类无关,只是想暂时远离对一个人的思念。可惜那天找那盘带,半天没翻出来。只能由我清唱了,也确实解决了部分问题。每当我听到发自李傻傻胸腔的歌声在房子里冲撞,脑袋总是异常清醒,体内热血沸腾,运笔如飞,神思敏捷。有一次,我和一个同学在护城河公园里唱了一次,把嗓子喊哑了。唱起它,我就高兴起来了。只有一次例外。那是三更半夜,在学校的大路上,什么声音都没有,我唱着唱着,毫无疑问又想你了。想起你以后我闭口不唱了,你知道我更愿意做什么。

你是不是觉得可笑?你蒸发了。你一定在那个国家的某块土地上走着躺着笑着。但我看不到你,只好求助于自己的想象力。我至少已经想象了你看到这些话时的情景。此外我担心你的信箱会不会被我无意中撑破,那是完全有可能的。那样倒霉的有两个人,一个是倒霉的姐姐,一个是更倒霉的弟弟。

姐姐,写了这么多,我有点想笑了。6月22日考四级。然后是期末考试。紧随其后,暑假就来临了。一个月已经被我挺过去了。就算你看完世界杯再回,你还是会来看我的是吗?

要是你想待到2006年,看完当年德国世界杯,我就需要等四年。那时你也结婚了,我也已经换了地方,我们所说过的很多话,就慢慢变得模糊。其中一些美好的段落,在回忆里偶尔露面的时候,你会怎么想?四年也不算久,但是如果你再不回来呢?我再不敢往下想,那明摆着是把自己往悬崖边推,是自杀行为;但是假若你现在就出现在我背后,看着我给你写这些话,敲我的脑袋,说我真傻,我情愿有一个人把我杀了,来进行简单交换。

11点了,人一个个回去了,有的经过我的身旁。这封信也够长了吧?但是离我想说的还少很多。姐姐,你快点回来好吗?

日期:Mon, 22 Jul 2002 10:13:34 + 0800
主题:姐姐你莫非……

希望渐渐破灭了。但是我会想尽办法找到你。刚才拨01316××××××,听一个声音说暂时无法接通。就是这一句话,因为它和那句"您所拨打的电话已关机"不同,让我激动不已,连连换了几个电话拨。虽然还是无法接通,但是在我看来好像你已经露出冰山一角。我实在太想你。我以为你回来了,所以又连忙打开邮箱。

你走了以后我什么也没做。总会在某一时刻想起你。

日期：Wed, 25 Sep 2002 14：45：19 ＋ 0800
主题：姐姐……姐姐……

有一次我在网上到处找你的时候，有一个人说，9月21日你等好消息吧。我以为她认识你。我又问了一遍，她才说那是中秋。我就满怀了希望。当然结果是我并没有等到。勉强给家里打了个电话，我思念你已不能自己。今天上影视课的时候放了《毕业生》。以前看过一次，只觉得里面歌好听。这次当我看到那些为爱奔走的人时，突然动了情，趴在课桌上了。

此情绵绵无绝期。照例有别的东西引我想你。太多了，我说不上来了。还有一次，我用你的名字作为昵称，目的是希望有认识你的人和我打招呼，我再借此问他关于你的问题。有一个过客突然对我说：对不起，前几天有一个人在疯狂找你。那肯定是我问过的一个人。我用你的口气和她说了几句。我说，他已经找到我了，我说……哦，好像我还保存了当时的聊天记录，我想给你看看。她说她早知道我们一定会重逢。我不知道是不是真的。

……（聊天记录太多了，删除了。）

姐姐，请你回来。请你跟我打招呼。请求你。姐姐。

她消失了。或许她制造的从来就是幻影，但是那极平常的属于青年的节日里,我所有的夸大的梦想包括她带给我的幻影,被一架飞机撞了个粉碎。我做了种种关于她的去向的猜测,包括飞机失事。我搜集关于飞机失事的报道。我记得,那个月慕尼黑有飞机坠落。现在,这些都过去了。像一个离奇的梦,真实或虚假都无关紧要。这都无所谓,我只是想她。如果这篇文章恰好能发在什么地方,如果恰好有人看到,如果这人恰好和我姐姐有关,真诚地希望你转告她。我的意思全在这一篇文章里。

第三辑

如果你没有和一个人交换过灵魂,
就不知道痛苦的尺寸,不知道时间的线条

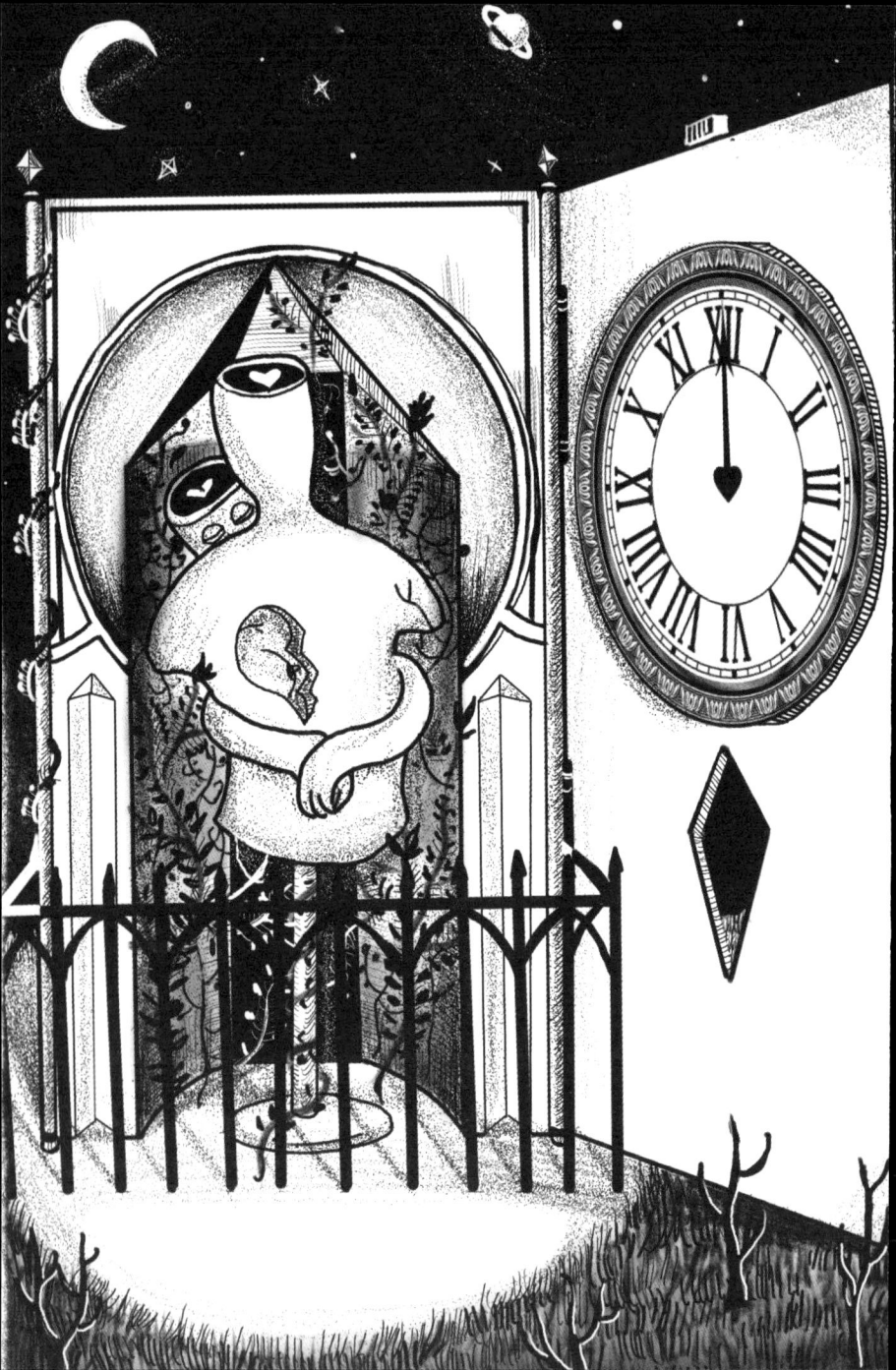

最让人感到满足和安慰的

演奏结束后,我们和乐队共进简餐。酒吧的一个小妞把满桌的人逗得都很开心,没人知道她叫什么名字,只叫她小妞。当她不说话坐在一边的时候,她拿酒杯去碰一只猫的鼻子,猫举起柔软发亮的爪子,给她的裙子印花。

我看了她好久,但即使我已经喝得晕乎乎的,也并没有上前问她的电话。并不是因为承认喜欢美人会让我觉得不好意思,恰恰相反,我觉得少女是饱满的露珠,阳光会追着她照耀。而且,问联系方式这种事,在喝多了的时候我曾经做过,一次是在酒吧的厕所门口,在镜子中看见那姑娘有舒淇式的性感嘴唇,我问她要了电话;一次是在吵闹的KTV,一个短发女孩在走廊里坐着发呆,我也问她要了。但第二天我就忘记了这回事。

总的来说，我是一个内向的人，我常做的动作就是在聚会中看着大家聊天，等待一个话语和见识都让我觉得不错的人。所以经常聚会结束，我可能一句话也没有说，但感觉记住了每个人，因为我所需要做的只是看着大家聊天，并记下来。有时我甚至庆幸自己是个内向的人，这让我即使和女人坐在一起的时候，也愿意听她们说乱七八糟的话，看她们的嘴唇说话时微笑的动作，表情有时像雾，有时又像冰棱，像打碎了的玻璃。

所以，如果有聊得来的朋友或者女孩，我会记忆更为深刻；如果有酒，我就会和他们迅速熟悉起来。有个叫斑马的朋友，其实我只见过他一次，他从重庆来广州，一帮朋友在小酒馆把夜喝成深夜，把酒吧小妹喝得瞌睡；因为那些莫可名状的话和记不清名字的酒，我觉得我跟他已经认识了几十年，并且还将认识很长时间。

可是那天晚上我喝得足够多，也没有任何冲动和行动。

真实的原因我想是我变了。时间给我赠送了一些可以算作礼物的东西，比如让我知道有些东西我并不需要。在所谓青春的年纪，很多东西尚未得到，很多东西没有失去，随时渴望，眼睛里空洞如原野；一无所有，所以幻想拥有一切。而现在，不用了。

我需要一些别的东西。不再想拥有尽可能多的闪闪发光的身体，它们曾引人上升，也曾引人堕落。

大多数人喜欢女人的次序是颠倒了的,在年轻时喜欢成熟的身体,年纪渐长开始喜欢年轻的身体,用马尔克斯的话说,少女的宣泄就像石油一样。而最终,很多人其实从来没有爱过女人,甚至觉得承认喜欢美人是一件下流的事情。我看到他们将纯洁和淫荡对立,并且将损毁纯洁视为征服的满足,其中有些人竟然是我的朋友。

而我爱纯洁,也爱淫荡。就像爱白天也爱夜空,爱灼热的身体和温柔的眼神。所以这些人渐渐变得不是我的朋友。谷崎润一郎《厌客》里有一段说:"过去虽说讨厌交际,但美人例外……上了年纪以后,对于美人也变得挑剔起来。一般的美人,尤其是今天顶尖儿的美人,在我眼里一点儿都显不出是美人来,只不过引起反感罢了。我心中自有我的佳人标准,但是真正符合这个标准的简直寥若晨星……"我知道世上存在千差万别的美,也存在千差万别的美人,可是当我一一搜索回想,发现我喜欢的,是那些在时光损毁中依然保留纯洁和淫荡混合感觉的人,恰如阴影中的亮,爱眼神有雾,湖水含光。

这种女人,像是玛格丽特和卡门的混合体。梅里美笔下的卡门是邪恶而美的花,而布尔加科夫的《大师与玛格丽特》里的玛格丽特,是燃烧的花。书里完全没有描写玛格丽特的长相,我对她的长相也没有兴趣,所以是别的东西迷住了我。我常常重看魔鬼的盛宴那一段。月圆的午夜，喷泉涌出香槟，玛格丽特被以鲜血和玫瑰冲刷。约翰·施特劳斯指挥交响乐曲，鹦鹉叫嚷，玛格丽特与撒旦交换灵魂，在莫斯科夜空飞翔，救出她所爱的大师，两人的灵魂飞往宁静之处。

魔鬼让玛格丽特完整，黑暗让她发光，而爱使她飞翔。

为什么一个人会迷恋另一个人，一种人会成为另一种人的黑洞，一个身体的温热会填补另一个身体的空茫，我不知道。我所能知道的，是当我明确看到自己阴暗的部分时，我希望有一个人可以让我无须隐藏阴暗，不必假装光明。很多人会被你亮的那部分吸引，而被暗的那部分吞噬或吓跑，而很少有人在你敞开黑暗的大门后和你紧紧拥抱，像泰戈尔那句诗说的：你若想要，就熄灯吧。我将了解你的黑暗，并热爱它。

所以当我看到一个人，一个光芒四射的人，最让我迷恋的，是暗的那部分，是敞亮的大厅之后紧闭的阁楼；一种关系之中，最让人感到安慰满足的，不是知道了自己的黑暗，而在黑暗中有人应声，有人说一起走吧。

当你有一个这样爱的人时，你会沉默。不必日思夜想，不必为每一个细小的事赋予不可再生的仪式，甚至不必占有。但即使你们沉默不语，长久沉默，也明确地知道彼此拥有，拥有不用说出的爱。你会愿意和她交换灵魂，交换一些幽深的秘密、幻想、怪癖，交换梦和快乐背后的寂静。你简直想把所有的矫情都用完了。

如果你没有沉默地看着对方的眼睛,我想你还没有体会过亲密和信任;如果你没有和一个人交换过灵魂,就不知道痛苦的尺寸,不知道时间的线条;不知道人原来是这么一回事,爱原来是这么一回事。

唯一的问题是,在人群中碰到这种人的概率十分小,何况我们还要为不必要的事浪费大量时间。于是只能在书中、在电影中,寻找那些不可一世的女人。像是在《芳芳》里知道苏菲·玛索的青涩是多么美,在《西西里的美丽传说》里爱上莫妮卡·贝鲁奇危险的肉欲和坚贞……如果没有这些被创造的高贵的女性,我想必会长得比现在更糟糕一点,像长夜没有明月只有灯光晃眼;想必梦更残缺,夜更冷。

如今,我爱的人都已经奔向衰老,因为我也青春不再。总的来说,我不后悔,也并不怀念,就像并不后悔年少时想得太多而又收获太少的苦恼,也并不怀念年少。就像并不后悔莫名其妙的悲伤,也不怀念莫名其妙的喜欢。

以前,我常常彻夜不归,看到天亮起来,一只银白色的小兽开始奔跑。现在我喜欢看到天暗下来,夜像一只暗黑色的野兽,蹲在那里。我喜欢这样,喜欢在黑暗里听到有人应声,或者听到四周的回声。

超越爱情的永恒之死

这个标题来自马尔克斯的一个同名短篇小说。看名字应该就能看出来,今天喝了点酒,我想说说爱情、死亡,以及永恒的痛苦。关于爱情和生活的秘密,或者说,残酷永恒的真相,我们时不时想起这些,表明我们弄不清楚这些事,并且把整个生命耗在这上面。

常常有人说,艺术有什么用啊?除了拿出来装×之外。我想说,想到自己为了装×,竟然苦苦学过很多没用的东西,这过程本身就是件令人愉快的事;往往没用的才让人怀念,比如当时的月亮,莫名其妙的信,二十岁时的笑和无聊。

而除此之外,即使按照实用主义的观点,艺术也多少有点其他的用处:在艺术、电影或者文学里体验极致的情况,比如极致的爱,极致的痛苦,总比在生活里来一次成本更低。

先说一部泰国电影。泰国电影偶有惊人表现，有一部让我震撼的《永恒》，故事很简单：叔叔娶了个年轻的老婆，这个年轻的婶婶和侄子相爱了。然后，悲剧开始蔓延……

不说姑娘混合着欲望和纯洁的动人身体，只说故事。初看剧情，和钟丽缇演的《晚娘》差不多，一个喜闻乐见低级趣味的情色故事。但电影的着重点不在这里，在于两人的恋情被叔叔发现后的处理，电影到这里才显得惊人。

导演的处理是：叔叔将两个人的手臂用链条锁在一起。随时在一起，必须在一起，必须"永远在一起"。

故事开始往奇妙的方向发展，超出所有人的意料。被永远锁住的两人先是开心地大笑，每天都很快活。然后摩擦不可避免地发生，当吃饭如厕读书洗澡都必须随行的时候。不停摩擦，剧烈，总会生出火花。

这之后，爱与恨纠缠，产生痛苦和疯狂。肉体随时欢愉，永恒厌恶。在形影不离的空间里，像火药在枪膛里被加热，升腾起爆炸。

为了让男主角自由，女主角开枪自杀。可是她死后，他依然必须和她同处一榻。后面的镜头连我都受不了，男主角必然疯癫了，我是强忍住看下去的。

不好意思，我都不忍心继续介绍这部电影了。但我想我必然会记住这部电影,这个不可思议却合情合理的故事:永远在一起,这是盲目和疯狂的想象,带来盲目和疯狂的结局。

《永恒》很容易让人想起艺术家谢德庆的行为艺术:做一年(1983—1984)艺术/生活(Art/Life)。很多人会觉得对行为艺术无法产生共鸣,我也是。不过知道谢德庆之后,我被打动了。这里不多介绍,有兴趣的可以去找。

这次实验中,谢德庆与Linda Montano合作,约定在一年的时间里,以一条2.43米长的绳子连在一起(比《永恒》里的锁链长一点),彼此相连但不能触摸。两人在作品开始前互不相识,但从实验开始后的一年中,他们真的做到了从未分开。通过照相和录音带,这一年的每个时刻都被忠实记录。

他们一起上街,一起散步,一起去超市,一起睡觉,目睹对方洗澡、拉屎。一次,谢德庆正在洗澡,浑身泡沫,Linda和他发生争执,发疯般跑出房间,把谢德庆也拽了出去,可想而知谢德庆是如何气急败坏(在电影《永恒》里有类似的镜头)。

总之,两人生活习惯的不同,更多的是因为这种亲密距离让两人的区别被无限放大,这一年中,他们的争吵不计其数。

有一句诗,我实在想不起是谁写的了,大意是说:琴弦并行而各自发出不同的声音,保持适当的距离,能弹出好听的乐章,如果纠缠在一起,就没法弹奏。

和你最亲密的不是爱人,是敌人。

本来还想说一说纳博科夫的小说《黑暗中的笑声》,一个年轻姑娘如何和情人调戏自己的盲人丈夫,同样是一个关于情欲、盲目和疯狂的故事。可回忆电影和行为艺术已经很辛苦了;有时我们为了感觉这个世界是美好的,需要打开所有感官,有时则需要关闭。而且关键是:我这么烧脑来说这些又有什么用呢?盲目非理性是生活中的盐;如里尔克的诗,我们过着业已被人生活过的生活;每个人都必须把吃过的苦再吃一遍,或者吃N遍,才可能得到那么一点点新知。

艺术就是这样无用。艺术家们闲着没事,或者内心苦闷,探索各种极限的可能,然后我们可以不用经历而活得更多,活得更深;它们是地图,让我们更知道有什么不可预知的美好会发生,有什么不可避免的坏事会来临;是怀抱,将我们抱紧;也是火,将那些混乱的经验全部点燃成为另外的东西。

只是无论我们知道盲目和疯狂有多危险,我们依然更愿意看见其中的炫目,就像燃烧一样的炫目。青春时的丰盈和冲动,本身就带着危险,带着痛苦,也带着甜。我们最终还是希望做这样的人:对这些敏感,不可避免地把自己燃烧干净。然后在长出新枝之后准备再次燃烧。

于是诗和艺术就产生了,就像盲目和疯狂的信物,就像是爱和燃烧的遗物。

此时,听一首张楚的歌,《孤独的人是可耻的》,足可以慰藉这个夏夜的疲惫:

这是一个恋爱的季节 / 大家应该相互微笑 / 搂搂抱抱 / 这样就好。

女人

我睡了一整天觉,肩膀压麻了。尤其是我的腿,不知道什么时候起一直架在一床被子上,仿佛要断了似的。醒来时天色昏黄,默默闭眼胡思乱想了一会儿,天就黑了。

我肚子饿了,但是我还想再躺一会儿。能拖就拖一下。我想打电话给她,但是一直在犹豫,也是因为我没有钱,不想把别人叫出来,只是走路、走路、走路。

听到电话铃声,我的心就乱跳。那是她的电话。一种非常轻柔的声音,带点懒散,仿佛她也睡了一整天。我跳起来,马上洗了把脸,坐上去土门的公交车。

我看见她戴着宽檐帽,披散着长发遮掩额头的皱纹,嘴唇涂了淡红色的唇膏,指甲剪得很短,在电影院我触摸到她的束身内衣。

我和她的认识,跟我认识大多数后来与我关系不寻常的女人一样,是通过网络。有一点不同的是,我和她仅仅通过几封e-mail,就在电话里约好了见面的时间和地点。时间:晚上七点。地点:土门民生大厦。我站在路边长久地等她,车流汹涌,一股刺鼻的汽油味在灰尘的裹挟下扑面而来,表明土门这个名字起得恰如其分。咖啡厅的霓虹灯让暗月的颜色更加微弱,灰雾也遮盖了很多星星。我如此仔细地看着街道、汽车、天幕、月亮、星球,观赏了路边的观赏植物,以便让时间的行走稍微秘密一点,不让我过于惊慌。

我被深秋的晚风吹得凉透了脊背,我要等的人可能还在温暖的灯光下梳妆。很多次等人的过程中,我的满腔希望会被久久吹拂的风驱散干净,我不知道她们为什么不来。到最后,我杀气腾腾,金刚怒目,聚集起来的兴致几乎完全被另一种情感代替。而值得等待的人,是兄弟,是美好的女人们。

虽然我们的关系进展如此之快,这也只能算是一次普通的网友会面,因为我们谁也没有规定我们见面后必须做点什么。我和她,口头约定同往一家临街的咖啡厅,名字很可能叫"领地"。大部分时间我靠在民生大厦门前的国旗杆上,瑟瑟发抖,心脏狂跳,牙齿咯咯直响。我有一点冷,但是惶惑不安使我更冷了。

风吹动了红旗,猎猎作响,钢绳被牵引得碰在旗杆上,不停地发出金属抽打金属的声音,很不规则,却也不是乐音,乱人心神。我一度以为那是我抖得太厉害,震动了旗杆。那是根很粗的金属杆子,我用力摇撼,风从顶端吹过。

若干女人从我身边走过,我紧盯她们松弛的脸部。每过一位,我就喝一口水,因此,我手里的矿泉水很快就只剩下三分之一左右了。

我在电话亭给她打电话,她说马上到了,正在路上。她说很快到了。她说看到我了,我袖子上有两道白杠。我回头看见一个女人,三十五岁左右,双腿似乎比我的还长,而她的人只到我肩膀。但是这双接近畸形的修长的腿依然让我对她心生好感。她一见到我,就伸出手打招呼:"过来,来这边。"手腕上带着的银手镯,在霓虹灯的映照下闪着更加白的光。

那天,我们喝了黑咖啡和意大利的一种咖啡。结账的时候,她以很快的速度抽了一张人民币出来。

午夜空气冰凉,出了咖啡厅,我们靠在广告牌上说话。车灯不时掠过。她在灯光下显得美丽,脸上泛着红润的光,与日后的苍白相比,那夜她可以站在镜子前,仔细地欣赏自己的身姿。

子夜一点左右,我们分别。我看她走进一条窄巷,高跟鞋发出我们所熟悉的声音。我爬过宿舍楼紧锁的铁门,看着月亮,确实想了一会儿她……有一阵我陶醉了,从院子里走进大楼,穿过昏黄的楼道,走进鼾声凌乱的宿舍。空气中有一股奇怪的气味,我躺在床上,迷迷糊糊地回味着……迷离恍惚之间,我仿佛看见了她,做了各种怪梦,整夜无法安睡……

在逛街的时候,我只是走路、走路、走路,从来没有提过去玩什么,也好像永远不用吃饭似的。她带着我,去了很多我没去过的地方,她说:"约个时间我们去游泳吧。""有时间我们去洗澡吧。"还说:"你想吃什么?"我几乎不知道该不该说话。如果我答应了,我就要花她的钱。我很不明白自己身无分文为什么还要和一个女人逛大街。我牵着她的手,有时她丈夫打来电话,问她在哪里,她如实作答,但是隐藏了我。她总是说:"一个人好无聊。老公,你过来陪我吧。"那个男人总是说"不",她就很委屈无奈地挂了电话。我问她:"要是他真来了怎么办?""你让他来他才不会来。"她经验十足地说。

这样一个女人,她有把握把我攥在手里。

我打电话给她,无数次,说要见她。她拒绝了。但是当我几乎已经绝望的时候,她又来到了西北大学的校门口。总是这样。我总是被她勾起见她的欲望,然后被告知不能相见。在这种情形之下,一旦听到她慵懒的邀请,我就会放下手里正在做的任何事,什么四级,什么笔记,都放下了。我会穿过长长的梧桐树林荫道,在汇聚的人流中发现她总是看着街。如果她没有来到我们学校,我又连坐公交车的钱都没有,我就说,你过来吧,我没钱坐车。有时我说,过来的时候给我带包烟吧,骆驼烟。她说,没问题。

她常常说起她的女儿,但很少说起自己。她说她女儿才十二岁,已经长得和她一样高了。叫什么名字我已经忘记了,第一次见到是在她的店里。

那次,我已经很久没有一分钱,给好又多超市发传单赚的六十几块工资一直领不到,因为西大街整修,好又多已经关门大吉了。我问她有没有干活的机会,我需要点钱,我一分钱也没有了。她让我到她那拿点。我说:"不用了,你那要不要帮忙?"她就问我:"你打字快吗?"

那是一摞中医学资料,充满了各种术语。如果我打一天,能领到二十块钱工资。打多少是多少。我凑近屏幕,挑选熟悉的汉字,组成佶屈聱牙的古怪短语,"肌梭、神经腱梭""奇经八脉""二间十宣八风八华八邪人迎人中水沟三间三里三焦"……我只能慨叹:"智能ABC输入法,词库太小了。"

当我的眼睛开始刺痛时,我就使劲眨了眨,缓解它们的疲劳。有时她跑过来跟我说几句话,就坐在我的身边。她丈夫坐在一米外的沙发上,看不到她脸上的表情,但是我看到了。在那种情形下,类似偷情的快感刺激着我也压抑着我……她的女儿跑了进来,穿着据说是她的裙子。房子里很吵。一个小孩的声音高叫着。

中午他们一家三口去吃饭了。我回到了学校。她让我一起去吃,我斜睨了她一眼,见她正盯着我。我想起在餐厅里,她一般坐在我的对面,吃得很少,大部分时间在看着我。我怀念那一刻的感觉,但是这次我回到了学校。

下午,依然如此。我专心地打字。眼睛疼的时候就眨一眨。房子里只有她和她女儿,客人很少。偶尔来两个,不是老头,就是老太太。她们跟我说话,她女儿叫我哥哥。我专心地打字,脸凑近屏幕,看着汉字一个一个地跳出来——足、少、阳、经……

下午六点的时候,她把我叫到一条窄巷里面,在西安有无数这样的窄巷。她塞给我二十块钱,并叮嘱我明天再来。然后她转过身,快步地往回走。我远远地看见她丈夫在门口等着,自行车靠在门槛上。

第二天我又去了。我干活的地点在里间,放着两条长沙发,棕色的。通向外面的门有时开着,有时虚掩着。不时有人走进屋里,询问他们夫妻俩有关健康的事情。不是老头,就是老太太。还有一个中年妇女哀叹自己为什么会内分泌失调。人声嘈杂,但是我大体上可以听清那些混乱的衰老的声音,猜出他们或欢快或哀婉地谈论着的一切。我听到叹气声、搬动凳子的声音、笑声和问候声。然后我又听见她在身旁和那个中年妇女谈论自己的女儿。她们语气中渗透出来的柔情使我鼻子发酸,她是怎样说她女儿的,我并没有听清,但是我可以猜出来。她大概是在说她女儿在上课的间歇总要跑回来看她的时候,我一言不发地起身离开。她抬头问我:"去哪儿?"我说出去一下。我走在街上,看着街上的人流、地砖、树干斑驳的梧桐,突然就情难自禁,泪水模糊了双眼。

公共汽车站牌下像往常一样站着很多人。我没有见过,但是完全可以想象。我调动全身的力量阻止涕泗的横流,可是直到汽车来了,泪腺还在剧烈活动。我双手捂脸,大部分乘车者都没有注意到我。大概早上十点,车离朱雀门不远的时候,我也差不多止住了泪水。

那天她要付我工资,我当然没要。她坚持付,我坚持不要。于是,她请我吃台湾和记豆浆。又一个周末,我在麦当劳快餐厅干了两天门迎,得钱一百二十块。那个星期天晚上,我和她去到钟楼附近。在那个夜晚,我兴高采烈地拖着疲惫的身体看着酒店的窗外,我看见钟楼活像一个魔鬼的头,它的大门是魔鬼的嘴巴,喷出电、灯光,还有一团火……

她问我为什么话也不说就走,我当然不会告诉她,我想我妈妈。我用很累的身体给她脱下衣服。当她褪下长裤时,肌肤柔腻,膝弯处洒有香水……几乎看不到膝盖,因为双腿细长、匀称、柔弱无骨。

我想起在白天,她戴着宽檐帽,披散着长发遮掩额头的细纹,嘴唇涂成淡红色,指甲剪得很短,束身内衣长年穿在身上……如你所想,我的意思是她已经无可避免地走在衰老的路上了。和任何妙龄不再的女人一样,已经衰老,但在灯光下我看到她的美,像叶子的背面一样,带着时间和风的痕迹,使人沉静安宁。

关灯之后,我不再说话,片刻之后,一切沉入寂静。

第四辑

那里软草眠我。月亮已经升到头顶
青蛙的叫声一亩一亩地送过来

这样

水声隐约。水在村庄边上拐了一个弯,一座石桥连接两岸。我下车走过石桥,一个老人用长绳挂了木桶吊水。水很清,一条砧板鱼在里面游。

我带着病体回来,爸妈都不在家。我后来知道他们当时在闹离婚,但没有离成。我去爷爷家,去爷爷的老屋住。小母猪还在猪栏里,但是好像已不是我看过的那头了。

回家叫爷爷,叫奶奶,叫叔叔,无人应声。自己揭开锅盖,填饭。剩菜剩饭嚼着嚼着,奶奶回来了。奶奶又长矮了。

以后大大切猪草。掌上留下红薯藤的青汁,每一条纹路皆填满。顾不得了。我快乐地过着与小时候一样的无人管的日子。有时候做饭、洗衣,偶尔也和小时候的玩伴小蓝正儿八经地说话。已经开不上玩笑,不乱玩。小蓝长到可以做新娘子的年纪了。又好看了许多,不胜娇羞。以前她对着我家的猪喊我的乳名,现在她轻声叫我力子哥,好像对着我叫我家的小母猪。

日影移上屋前的枇杷树的时候,我便开始做晌饭。手表是用不着了,一切事看日光而定,没有太阳的天气里就凭感觉而定。当月亮升起,乡村夜饭的炊烟袅袅地上了天,月光穿透它们,小风融合它们。在村庄的上空,飘起一个巨大的蓝色蚊帐。村庄在蚊帐里安静下来。村庄睡下了,小孩的哭声像是村庄打了一声响鼾。

据说喜根在后龙山的竹林里,看见一对白花花的屁股。风轻薄蚊帐,村庄捻须欣然。

白屁股慌张地朝河里跑。喜根挑着圆桶匠担子继续赶路。另一些孩子的黑屁股在月光下一闪,没入银色的水里。同时跳起的水声把月亮吓了一跳,又一跳。

那时我上了岸,湿淋淋地回到家里,爸爸打电话来说他要去杀人。他说他现在就要去,五分钟后就会打电话回来。他那阵吵得真是够凶的。夜饭已经端上桌,今夜吃炒丝瓜。我记起一次吃青蛙肉,热气腾腾的丝瓜青蛙汤,甜得很。青蛙是我夜间下田抓的,砍头剥皮抽筋,油煎再水烫,放上丝瓜,丝瓜熟了就吃。

这时小蓝来了。奶奶叫她一起吃饭,她不肯。我也叫她吃,她笑笑，但并没有答应。我说："小蓝，我把短裤落在河边了，你和我一起去拿吗？"

她说："好。"我们朝河边走去，路上两人无话。到了河边，月亮落在了后龙山上。我的短裤懒懒地躺在河坝上，在黑暗中有一点耀眼。我拿起短裤掖在胳肢窝里说："我们回去吧。"但我朝着后龙山里走去，那里月光正一片片流下。小蓝低着头，像个露水鬼一样悄无声息地跟着我。那里软草眠我。月亮已经升到头顶。那时我抬头看了看天，天上有七八颗星子。青蛙的叫声一亩一亩地送过来。

无名之地

门窗都朝南开着,朝溪开着。人们都不知道溪的名字,只知道这里是条溪。

它像母亲的眼一样隐静,像少女的眼一样清澈。村庄所在的中游,可以看作眼睛正中,瞳仁所憩住的地方。在溪水的左岸有许多树,柳树、柏树,还有人们称之为白叶树的,像浓密的睫毛,被夏日暴涨的洪水冲得并行地倒伏,被小男孩及个别小女孩爬上爬下,被老水牛蹭光了大片树干。也许在其中某一根上,会有一块皮被削掉了,露出白色或淡棕色的肉,上面古拙地刻着某个全村都知道的俊美少年或姑娘的名字。这个名字可能在哪个心里燃烧着火焰,使某些人在微黄的月光里不能睡眠。

而那褶皱的眼皮,是那几层跟随溪水延伸到远方的梯田。但是在田里做事的人,却几乎没有一个青壮年男子汉,更没有正当妙龄的女子。因为那里临近广东,所有男子汉和青年女性便都跑到更南方的城市,去"寻钱",一年半载回不来一次。他们搭上汽车或火车,三五成群,包里装着大包的辣酱,到广州、东莞、深圳,还有的渡过了海,在海南岛做从未做过的事情,挣钱养家。为了"生活",他们必须远离"妻子"。

一座用木头和土砖筑成的房子,一共有三间屋。门框上有一副对子。坪里有一株梧桐树,树干比水桶还粗,上面有很多麻雀。一层秋雨一层凉,叶子落光了,到那时,树上会现出来一个麻雀窠,好像是村庄额头上长了一粒痣。

这样的房子是这么多,懒懒散散,挤挤挨挨。清晨,梧桐树上飞出一群鸟雀,鸡公将村庄叫醒。门先后开了,飞出一群鸡,跳出一条大黑狗。妈妈把小孩喊起来。小孩子总是没睡醒,起来了,就在水沟里撒尿,再到牛栏里去放牛。沿路牛都出栏了。大家一起去放牛,把牛放到山里吃草,吃柴叶子,只要莫让它到田里偷菜吃就可以。放牛的一伙人就在草坪里、塘埂上,打架,打扑克。跟着他们玩的狗,在他们身前身后摇尾巴,不时在田埂上树脚底抬起一条腿撒尿。有的觉得不好玩,又跑回去了,跑到半路上还返回来看。那最先起来的妇人,这时早已从水井里挑了一担清幽的水回来。她打扫了房子,她把鸭子赶到了江里。很快,她在村庄上空制造了炊烟,是淡蓝色的。

学校敲钟了。小孩子按住书包,赶快跑到教室里坐好。一天连着上六节课,中午,白日照到门槛时,肚子例饿得要死。小学生们在下课那十分钟里,就急匆匆地跑到屋里,翻煨红薯吃,不然就掀开锅盖,填两个凉饭团。

山里边照例有新蝉单纯而又烦人的嘶喊,有鸟雀婉转而又动听的鸣叫。山坡上稀稀拉拉的地里,脸色黝黑、胳膊粗壮的母亲们,一概弓起个腰或蹲在地上扯草。有的人把苞谷掰下来,放到一个竹篾片织的背挽筛里。还有的人用箩装辣椒。辣椒红了,再不摘就落了。辣椒和其他任何蔬菜瓜果一样,吃不完,可以做成盐菜、泡菜和榨菜,也可以担到香灰山煤矿,卖点钱买油盐。

有时年轻一点的母亲,会在日头的影子正正地照到地里不动时,走到土边上枫树底下躲太阳,用还算清亮的嗓子哼唱,或者沉默不语,拉开衣领,拿斗笠往胸口扇着。她疲倦的眼睛,张望到远山近山的一切。她偶尔用仿佛奇异的神气,自言自语几句,中间嘴唇里轻轻地叹出了一口气。谁也不知道她为什么叹气,但是她好像想起了一些事情,也许是想到庄稼的长势、丈夫孩子的所在,也许是另外一些什么。谁也说不清。

山头望着山头。这些妇人兴致来了,就喊对山的同伴,并不停下手里的工作，遥遥地谈着一切。她们谈到丈夫的工钱、孩子的成绩，谈到亲戚邻居的亲疏、新媳妇的相貌肚才，谈到鸡的发瘟、猪的发瘟、牛粪、五号病、自来水、摇井，谈到警察、狐狸精。白日快落尽了，她们开始收拾话匣子，收拾簸箕收拾锄头，准备回家。

村庄和小溪，热气正慢慢退去，这时都很热闹。两只狗在巢坪上咬架，好多小孩子围在那里看。更多的小孩，已经在水里游戏追逐，不停地自高岸跳下，溅起老高的水花。鸭子在那里嘎嘎嘎叫着，被几个赤条条的家伙"嚎唻嚎唻"地赶上了岸，各自找到了自己的队，回去了。

做母亲的又在村庄上空升起炊烟，烟子扬起巨大的蓝色轻纱帐子，水面也起了水汽。溪水尽头，流过来一个夏天黄昏金黄色的月亮。"你看，太阳还没落山呢。"盐老鼠也飞起来了。母亲推了一升干苞谷粉，和南瓜一起煮，屋子里飘满了香甜的气味。今夜就吃这些当夜饭了。吃不完的，再煎点粑来吃，叫南瓜苞谷粑，捏成一块一块小而扁的形状，放进架好油的锅里，嗞——冒出一阵烟子。煎好的南瓜苞谷粑是金黄色的，香、甜、脆，可以作糕点，可以是零食，也可以当饭吃，吃不厌。往往筷子碗盏磕碰的声音还大着，锅里就空荡荡了。

吃完夜饭，大家在家里切猪草，喂猪，挂牛草。小孩子们捉迷藏的捉迷藏，唱歌的唱歌，猜谜的猜谜。闲人们坐在巢坪上谈天说笑，摇着蒲扇，说谁家里来信了，说谁家里来汇票了，说一切突然记起来要说的。那些信件汇款的消息，都在对门那个小商店门前的一块小黑板上写着。或是送到了学校，要读书的小孩带回去。信里说到的一切，那张薄薄的印了绿色楷体字的汇款单，总能使妇人的神色有所改变，既愉悦到心上的寂寞，又增添了一分挂牵与担心。

有时，在黄昏，燕子在田上空飞，巢坪上耍的闲人，抬起头来，张望到对面的马路上，走下一个人来。薄暮的稠光画出正在过桥那人的轮廓，眼尖的人马上宣布消息，那里是谁谁谁回来了。于是等这个"谁谁谁"走过来的时候，所有的人都同他打招呼，恭贺说"大老板发大财了啊"，而他脸上始终带着笑容，不停地说"不能那样说，发的都是茅柴"。一切不相干的人，即刻围聚到他屋里。小孩们与狗也常常凑热闹，临时在这个人家里玩耍。这户人家一下子就闹得不得了了。回家的人拿出一大把纸包糖分散给众小孩吃，过一会儿，得了糖的就散了，没得糖的还最好是散糖打发他们走。大人则七嘴八舌地评论他身上后面开缝的西服的料子，式样，针线，在他身上摸过来摸过去，同时还不停询问外面亲戚的情况……而他的妻子，在灯下唱过凄凉忧愁的歌、叹过气并且发着呆盼望他回来的人，正提着一盏煤油灯，去买酒买肉。

大晴的天里，天上有很多星子。远处山上全紫了，村庄各个低低的窗子里，透出橘黄的电灯光，也有小小的油灯的光，整个村子是暗黄色的，只有溪水被月光照着，发出光彩。巡山人雪亮的手电筒光柱在后龙山树林里晃着，好像一只魔鬼的独眼，照在每一个乘月光行路的人身上，令人胆寒。

被当作鬼的人

我坐在塘埂边上,越来越害怕。

天黑黢黢的。塘里的水没有月光映照也是黑色的。偶尔听到远处的狗叫,是仰天咆哮,很高亢地破空而至,是凉风袭来,是萤火虫闪亮,从脚跟、脊背、发梢渗出。也偶尔会有低沉的狗叫,它鼻子贴着地面出气,声音在喉咙里蠕动。它让嗥声长成细长乌黑的巫山鞭(巫山鞭是一种毒蛇的土名,它会故意让我看见它在地表爬行,在我的赤脚边绕圈子)。而它的眼睛一只在河的上游,一只在河的下游,是那走夜路的家伙时隐时现的灯笼。

窗子黑洞洞的,我家的窗子在很多窗子的后面,这一片天空上像山洞的最深处,黑暗彼此应和,发出回响。野猫在屋顶,在墙角,在大路上,叫着跑着,像小孩哭一样凄厉地叫着。

回家的路上,要经过一座老屋。泳清说那里有鬼。

我熟识但从未理会的虫子的鸣叫将我包围，它们的声音很诡异，颤动而悠长。我身边是两个一亩见方的池塘，白天水面上浮满了滑溜溜的秋苔，早上鱼在水面冒泡泡，白鸭子扎猛子。现在不知从何处不停地飘来极规律的一个个气泡破裂的声音。我开始还不能确定是听到了还是没听到，后来就竖起耳朵，神经一齐被这些细细的声音缠住。一切都极分明，全变了样。包括打战时衣服抖动的声音，关节摩擦的声音，牙齿打架的声音，包括这些声音钻进毛孔在血管里流动的声音……

我想回家去却移不动步子。一块坍土，也许是松落的石子，掉到塘里。我全身颤了一下——尿尿的时候也会这样颤抖。

才六点钟我就把牛赶回了栏。虽然奶奶会骂我一顿，可是六点钟我要到青妹子家里去看动画片。牛吃了露水草容易壮。"六点钟天都没黑，就把牛赶回来了，是阎王来勾你的命了吗？……""别人也都回来了，因为我们六点钟要到青妹子家里去看动画片。"

只有青妹子家里有电视。放完动画片，放一会儿新闻，又放一会儿广告，放一会儿电视剧。电视剧放的是《射雕英雄传》，四集连播。我看过原著，虽然我看的时候，很多字不认识，但是只读半边字，就知道这本书很好看，更何况是电视剧呢。尤其是"梅超风",这三个字我不需要读半边就能认识。

那时别人说:"那是郭靖!"我说:"那是郭青!"

但是梅超风出来的时候,我还是吓了一跳。她披着棕树蔸一样的乱发,伸出完全露着骨节的竹节一样的手指,被月光照着,闪着光,提着一个脑壳骨头。

一看到梅超风飞起来,毛乱蓬蓬的,我赶紧闭上了眼睛。梅超风"啊啊啊"的叫声很响,全屋子的人都屏住呼吸听她叫。她不叫了,我才睁开眼。我看到地上一个脑壳骨头滚了一滚,雪白的脑门顶上有五个黑乎乎的手指洞。梅超风坐在地上,身后码着一排骷髅,风把她的头发吹到脸上,把脸都遮住了。她很奇怪地侧耳,笑着,并且露出了牙齿。

我原来看书时幻想到的梅超风,没有这么骇人。但到底是什么样子,我也忘记了。

梅超风还没有笑完,大家都跑出去了。本来一屋人只剩两三个。

我不敢再看下去。他们跑出去做什么?我跟着来到门外,又跟到隔壁红喜屋里。很多人拥挤在一间狭小、低矮、潮湿、闷热的房子里,热气蒸腾。人圈里有人哭爹。那人一边哭一边拖长了腔调喊:"怎——么——得——了——啊……"我扒开如高粱秆一般密密匝匝的人腿。人腿散发出汗酸汗臭。

我以为是什么好事,最后倒看到了一床席子,席子上躺了个死人。死人是红喜他爸,嘴巴也没闭上,眼睛也没闭上,一副正在向众人提问的表情。那个哭的是红喜的老婆。

后面总是有人在推我。我踩到了席子,好几次差点踩到死人头上去了。

后来我拱了出来,可是我不敢回去了。我站在青妹子她家屋东头,也就是塘埂边上,脑海中有梅超风在飞舞。她像一个羽毛球,披头散发地飞速砸来,伸出完全露出骨节的手指,食指和中指插进我的眼睛。红喜他爸那张黄蜡渣子死人的脸挂在头顶,月亮一样游动,张着的嘴巴好像要咬断我的脖子,报复刚才我差点踩到他头上去的行为。

泳清走过来:"力子,还不回去!"

我说:"我怕得很……"

泳清脸上现出了似笑非笑又带点警告的样子,把头朝我倾了一倾,怪声怪气地说:"莫回去了……你倒回去……桐升麻子屋门前有鬼哎……"

……奶奶提了盏煤油灯来接我。经过桐升麻子阴森森的老屋的时候,我抓紧了奶奶的手,嘴里小声地催促她:"奶奶,快点走!这里有鬼!"

"大巷弄里何得有鬼啦。小孩子!……"

奶奶把煤油灯放低,小心地看着路,把脚放到石板上,而不放到石板与石板之间积着泥巴的空隙。

"哪个告诉你这里有鬼的……"

"泳清。"

"坟山里才有鬼……晓得吗……"奶奶把我提着,跨过了一条小沟。

那小沟是桐升麻子阴森森的老屋后墙排水的沟。

桐升麻子睡了没有呢?为什么泳清要说那里有鬼呢?

他住在大院子的中心。

大巷弄的旁边。

离巢坪不远。巢坪也许叫槽坪,反正是念"嘈瓶"的音。但绝对不会是草坪,因为草坪是念"草坪"的。

甚至在大巷弄口子上就能看到他的房子。

一共有两间。一间是木板做的,是厅屋,一间是青砖砌的,是房屋(卧室)。厅屋有一个大门框,门框上安着门叶子,门叶子是空气。是月光。是狗叫。是老鼠屎。房屋也有一个门,一个门洞,不过门框就是墙壁,门洞里封了土砖。厅屋和房屋都是两层,总共该有一百多平方米。厅屋楼上没有楼板,屋顶有几十片瓦,天气晴朗的时候,仰头可见"蓝天万里无云,太阳万道金光"。这些金光穿过大门,照在门边的一个土砖灶上,把土砖灶三个土砖中的任何一个都照到了。灶上面有口锅,也照到了,灶旁边有个小小的鼎,也照到了。厅屋里纵横斑驳的沟壑,也照到了。有一条大一点的沟,一直穿墙而过,连接到昨夜我跨过的排水沟,也照到了。它们干渴地一动不动,全身只是一口长长的嘴巴。到下雨的时候,它们才争相生动美丽,皮肤闪烁着诱人的波光。

房屋楼上有两到三根枞树木头,也有可能是杉树木头,上面放了一些杂物,还有一架楼梯可供上楼取这些杂物。杂物底下是一张床,床上有金黄的稻草,还有一床棉被,棉被上形状各异的洞里露出的棉花的颜色也不一,有的比较黑,有的还有点白。楼梯下有一堆色泽粉红的煤炭灰。煤炭灰里是桐升麻子的粪。

我们是在收完晚稻以后发现桐升麻子就在楼梯底下拉粪的。秋老虎舔着收割过的稻田。稻田开叉了。秋老虎的舌头是红色的。是黄色的。是灰褐色的。枫叶红于二月花。巢坪上晒簟里的稻谷,都黄透了,有的已经晒干,有的还需要再晒两三坡日头。

灰褐色的稻田开叉了。田里凌乱的稻草,一些是收割时扔下的,一些是被我们把田里一片一片晒得半干不干的"草懒娘"恶意拆散四处抛弃的。稍稍远离巢坪,一条小路蜿蜒,两边满是稻田,小路到达江边,对岸仍是稻田。稻田中央的草垛堆成一个一个圆谷仓的形状,是"草懒娘"的集合。

出月亮的晚上,我们在一个一个草垛中,一堆一堆"草懒娘"中,捉迷藏,用土话说是"打多多"。划拳结果是元宝"寻人",其他人藏。元宝四处翻动,把稻草扔得更乱。要是他看到谁,那下一个寻人的就是谁。我躺在稻草的中心,身上是黄金被,浑身麻痒,又不敢乱动,希望他赶快找到一个背时鬼。这个背时鬼如果不是我,我就可以"哈"一声跳出来,和众人一起,奚落一番该背时鬼,再重新找个草堆,躲在稻草中心,身上是黄金被,浑身麻痒,又不敢乱动,希望他赶快找到一个背时鬼。这个背时鬼如果不是我,我就可以"哈"一声跳出来,和众人一起,奚落一番该背时鬼……

元宝手不停歇地乱扒乱扔,嘴不停歇地乱喊乱叫:

"快打'多多',不打'多多'不来了啊!"他想让我们叫声"多多",他好循声而往。我们不得不叫,不然他一声不吭走掉了,我们也没什么好处,经常有人躲在柜子里,躲在打谷机下,别人都玩完了还不出来,最后就在那里过了夜。这种事有什么好处?我离他很远,轻轻地"多多"了一声,恐怕他没听到吧。那些知道他就在身边的人,不但不"多",反而压低

了呼吸声。于是元宝不停地叫:

"快打'多多',不打'多多'不来了!""多……多……""多多"有几个声音,但是很少,且很低。元宝的声音也越来越小了。最后就像一个小姑娘在哼小曲了:

"快打'多多'哦,不打'多多'不来了哦。""打句'多多',不打'多多'不来了——"我暗暗地笑着,连自己也没注意到扯了一根枯草在嘴巴里嚼嚼嚼。背上麻痒得厉害,腿上也是。元宝懒懒散散地东拨一下,西踢一脚,嘴里好像衔了一根枯草在那里嚼着。

"快来看噢!"他高声叫,把一些差不多要睡着的惊醒了,"这里有只兔子!"谁也没有出来。

"哪个崽耍你们呢。真的有只兔子。"元宝极力证明他不是使诈。

"哪个耍我们是个崽?"蜻蜓说道。

"要得。"元宝回答。

"要是耍我们捉到不算。"麻狗也喊起来。

"哪个耍你们呢!快来看了啊!"我们轻手轻脚地走过去,怕惊跑了兔子。但是地上除了稻草和月光、各自的脚和泥巴,什么也没有。

"元宝,你耍我们!"

"哪个耍你们。"元宝拿开一个"草懒娘",真的有只兔子。

麻的,要不就是灰的,一动不动。

蜻蜓弯腰伸手就去提,突然又弹了回来:

"哎呀,臭死!是个死的……"

那个秋夜有着怡人的凉风。枯黄的稻草垛在月光下变成黑色的,天空蓝得发黑,月亮沉在矮桥边上幽暗的水中,好像伸手就可以捞上来似的。那些在河里洗完澡在桥上玩耍的人,肩头、脸上、头顶、眼睛上、手指上……披着闪亮的月光碎片。他们跳到水里去的时候,就把这些月光洗掉了,同时又带上了水里的月光,一上岸,月光又落在肩头、脸上、头顶、眼睛上、手指上……

桥上也有几大片。桥是矮桥,是三块特大石板精心搭就的桥。桥面平滑如水,比水更滑,因为白天捣衣的肥皂依然残留在那里。小孩把光肚皮放在桥上,双手抓紧桥沿,用力,松手,或脚被人轻轻一推,他就溜到了溪水中段;再用力,就到了对岸,比鱼更快,比鱼更快活。但往往还未到终点,就被人轻轻挡了一下头,停在半路上,又被人轻轻一拨,桥上太滑了,就掉到水里。他要上来,人家不让他上来,他于是一低头,钻到水里,再露出头来已在桥的另外一边或另外一端了。

不,是我记错了。打晚稻的时候,如果是早上,清早,太阳上山后,我赤脚蹚过河水,谷箩担在肩上,水刺骨的凉。我的关节炎就跟这有关。刚刚插完晚稻没几天,甚至有的人还没插完,已经立秋了,大人会斥告孩子:"别到江里去洗澡,立秋了去洗澡要打摆子晓得吗?"这些表明,在河里嬉戏的事,只该发生在夏天。

但捉迷藏,碰见一只死兔子,确实是在秋夜。这里面也是有缘由的,气候、农忙农闲的影响……太麻烦了,以后再说。

那只死兔子,蜻蜓用一根棍子挑着,按照我们商量好的(商量过程略),来到了桐升麻子屋门前。他家的灶里火还没有熄。灶上架了一只锅,木锅盖的缝隙里还在出热气。元宝先走到屋里,按照事先商量好的,扯起喉咙喊道:

"桐升麻子?桐升麻子?桐升麻子?"

没有人应。按照事先商量好的,元宝又跑到房屋里,看看他是不是在睡觉,免得他三不知爬起来。元宝出来后,捂着鼻子,低声骂:"天!他在楼梯底下拉粪!"我们嘿嘿嘿笑了。揭开桐升麻子的锅盖,那是一锅米饭,香喷喷的,勾起了我们的食欲,至少勾起了我的。蜻蜓把死兔子丢过来,放到锅里,又细心地把锅盖盖上。跑到远处,我们笑着,弯下了腰。我们互相告诫,互相保证:"不许讲!"

我在木良小学读书。我去上学,最快的路线就是经由大巷弄，经过桐升麻子那座阴森森的房子。

这房子虽然顶上没几片瓦，阳光雨露、月光冰雹都能直接到达大地，比任何安了无数亮瓦、开了最大的窗子的房子都光线充足，它却依然是阴森的老屋。不用说墙角暗绿的荒草；不用说摇晃的门框；不用说青砖墙上结着的厚厚一层白硝，刮在瓦片上，一点，就射嗤嗤的火；不用说空无一物水沟纵横的厅屋；不用说臭气熏天老鼠游宴的房屋。那个本名桐升，被唤作桐升麻子的驼背老头，穿着草鞋，或者干湿鞋，至少是破鞋，小心翼翼地跨过门槛，背着双手轻飘飘地移动。青布衣衫，青布裤子，脸上皱纹盘结，堆满污垢，和八百年老屋厨房墙壁上柴火烟子熏出来的那个猪头一样干瘪，并且毛茸茸的。他的手到底能不能动，灵活不灵活，有多黑，我都不能肯定了。

他像一个游魂，虽然只在附近几家游荡，像一片落下的树叶一样，他好像被什么吹来吹去，不过似乎永远也吹不到各位头上。我看见他一只手提着那个差不多可煮一升米的铝鼎，一只手背在背后，头就要碰到地上似的，走到玉和门边。玉和老婆会意，给他鼎里舀了几勺水，他似乎说："难为了。"意思是感谢了。

我看见他一只手提着那个差不多可煮一升米的铝鼎，一只手背在背上，头就要碰到地上似的，走到自己门边，穿着草鞋，或者干湿鞋，小心翼翼地跨过了门槛。

屋顶飘起炊烟,不过马上被风吹散了,总也形不成通常的炊烟。依然是炊烟,他家的屋顶简直就是一个天然的特大烟囱。他烧火就如烧野火。

……木良小学敲钟了……

那时我应该满九岁。桐升麻子多大,我就不清楚了。

三月五日,学校举办学雷锋活动。三月四日,老师说:"明天我们要学雷锋,给五保老人送温暖。你们回去,有钱的捐钱,没钱的拿东西也可以。"

"拿米,拿柴,拿煤炭,拿衣衫……随便拿什么!"老师有点不耐烦了,马上散了学。

三月五日,有人带来了米,有人带来了柴,有人带来了煤球,有人带来了烂衣衫,都堆在角落里。也有人借机向家里要到了钱,自己扣下一部分,三分五分,再捐一部分,三分五分,也有人全部上交,不过老师也并没有特别表扬这些人。

老师加了一下,一共得钱一块五。包成红包。老师在包包上用碳素钢笔写上:1.50元。他把"1、5、0"写得很大,把点写得特别淡,淡到看不清。

老师举着红包说:"我们现在把这钱给桐升麻子送去!"

教室里响起一片童真的笑声。全班同学三十几个,排成一队,各自或抱或提地走向桐升麻子家。

老师问:"桐升麻子,今年多少岁了?"桐升麻子声音很小,我那时满九岁,十虚岁,站在春风吹凉的大巷弄里,嘻嘻哈哈,没听清桐升麻子说什么。

有个黄昏,我放牛回来,照例去巢坪上找小孩一起玩,看到武元走廊里的水泥栏杆上,坐着一个老头。他的背后就是池塘,几只老鸭子划开秋苔,跳到一个同伴的背上,把它按到了水底。那一只好像是只傻鸭子,总是逃命,别的鸭子欺负它它也不会反抗,只知道"嘎嘎嘎"地叫着,翅膀扑扑扑张开跑着。

拐了一个弯,老头的轮廓在薄暮中更清晰了。他穿着青布衣衫,脸上胡子很轻很轻地飘动,嘴唇上方的胡子挂着鼻涕,随着他说话的动作和吸鼻涕的动作很轻很轻地抖着。一根旱烟也随着他说话和吸鼻涕的动作一下一下地动。但是这个人不是桐升麻子。这是松毛他爷爷,他腿坏了,挂着拐杖,撅起屁股走路,经常在巢坪上武元走廊里讲薛仁贵征西和三国演义的故事。

我也看见桐升麻子了。他坐在地上,背靠着柱子。作为和吸旱烟的老头谈话的对象,他也含着一根,当他说话的时候,旱烟卷一下一下地打到他的下巴,掉下一些烟灰来,烟灰往往消失在他的衣襟上。

旱烟被他吸着吸着就熄了。

"……国民党……"我被这个词捉住了心灵,捆住了脚。我以前听说过国民党,我唱过:"一二三四五,打倒王耀武。六七八九十,打倒蒋介石。"妈妈说,蒋介石就是国民党的,但是他打不赢毛主席。那王耀武是哪个?

"我背上两粒子弹,要不背也不会驼……说不定还能讨个老婆……"桐升麻子翕动着嘴唇,烟灰不时掉下一些,又消失在他的衣襟上。

"说不定……说不定……要是你跟着国民党……现在说不定在台湾……那你就舒服了。"

"哪个晓得……也可能早就死掉了……现在也快死了……我回来的时候,你好像还没成家?"

……

又来了几个小孩子,听桐升麻子说他当兵的故事,说他从部队跑回来的经过。不知为什么,我一点也记不起来了,但是,很有趣。

可是桐升麻子身上有一股难闻的气味,隔一米远就能闻到,又酸,又臭,和发酵太久的豆豉、长毛太长的霉豆腐,都有点像。听得入神的没闻到这气味,走神的干脆走人了,看电视去了。

春风吹凉了武元走廊,桐升麻子讲到最后不但烟卷掉到地上,军队也讲无可讲了。小孩们热情不减,于是转而对松毛他爷爷说：

"大爷爷，讲薛仁贵的故事给我们听吧。"这个大爷爷用舌头舔了一下旱烟卷的边边，摆摆手说："唉——叫桐升麻子给你们讲……他讲得就不是比我好一点点，是好蛮多……"

小孩子说："桐升麻子，讲一下喽。"……

桐升麻子念了很多诗。大概开始一章回要念"有道是"，结束时要念"正是"，中间要念"只见那"。

我一句也没听懂。他含混不清的发音，我连故事都没听明白，更别提诗词了。

不知道过了多长时间，有人喊："放正片了！"大家都跑了。

那晚看的是什么正片？是《封神榜》吗？

到了夏天，热了很长一段时间。

树上的新蝉单调而又烦人地嘶喊着。大巷弄两边都是屋，石板也晒得滚热，打赤脚就要跳着走。通到江里的路两边的草差不多全被踩死了，因为石板太烫，踩在草皮上，又凉，又柔软。泥巴路上积着厚厚的一层灰，人畜走过时扬起了小小的灰云。地势高点的稻田都晒开叉了，禾苗每片叶子都像生了一条卷心虫，圆筒一样地垂在圆筒样的秆上。

河里的水位反而升高了，浸了矮桥。下游的罗家为了抽水，拦坝，故如此。

干旱季节的水很清,清甜的,但很多井都干了。在佳木崖放牛、锄地、砍柴,经常需要用一个酒瓶子或者盐水瓶子,带一壶水去,口渴了喝。实在太热的时候,往往一口就喝完了。这时,可以摘野东西吃。其中有一种水牛牯果,果实圆形,色作乌红,多汁而甜。放牛的小孩大把大把地往嘴里送。再伸出舌头来,已经"色作乌红"。

水牛牯果甜是甜,不过有点毒,吃多了会恶心、呕吐,非得喝一碗酸水,吃几个蒜头,才得好受。我一生之中吃过两次水牛牯果,每次都觉得很甜,每次和我一起吃的人都中了毒,可是我都没什么反应。

也可以提个酒瓶子或"黑壶"到"陷眼"里打水喝。所谓陷眼,意为能使人陷下去的洞。但凡山洞,多是平直地进入洞口,或稍微下坠,即作平直。这陷眼却是一个大井形状,四周坡面或斜或陡,有尖石,有荆棘,攀缘下去有个小小的平台可供落足,往黑咕隆咚处扔石子,水声清脆而诡异。洞口冷飕飕的,胆小的人会心里发毛,胆大的人才能在平台的小凹处,或者竟然趴下去,趴下去,在潭里打上凉冰冰的水来。

据说,陷眼是通阴河的。

这种陷眼木良蒲家一共有四个,都是在"小盆地"中间。四面是山,中间一片平地,是庄稼地。落雨时环抱诸山水流直泻下来,注入眼中。相传以前并没有这四口"陷眼",每逢大雨,菜地变作池塘，一片黄泥，作物当然全淹死了。一日铁拐李云游至此，念苍生难为，拿铁拐一个盆里点了一下。

松毛他爷爷也拄个拐杖，也瘸，也有几撇白胡子，我想象中的铁拐李和他有三分相像，和桐升麻子一点也不相像。

一九九三年夏，一天，狗在大树底下吐舌头的时候，水田晒裂了，落花生在无所谓裂不裂的沙土里迅速成熟。隔着一条沟，牛叫了一声。

第二天，我就去县城上中学了，从此一个月才能回家一次。

从下车到我家（其实是我奶奶家），差不多是一条直线，中点就是桐升麻子那座阴森森的老屋。

我看见桐升麻子一只手提着那个差不多可煮一升米的铝鼎，一只手背在背上，头就要碰到地上似的，走到玉和门边。玉和老婆会意，给他鼎里舀了几勺水，他似乎说："难为了。"意思是感谢了。

我看见他穿着草鞋或者干湿鞋，小心翼翼地跨过了门槛。

后来另外一只手就拄了根木头。

你叫他，他也不抬头。

我也懒得叫。我还希望谁也不用打招呼，彼此擦肩而过，一有人对我热情，我除了笑笑，竟然还得按辈分称呼迎面笑着的人。他们比平时更热情了。

每次我下车,差不多都是黄昏。牛羊鸡鸭都被往家里赶,万物的轮廓都渐渐模糊,河面也不清亮了,仿佛河水流了一天,也累了,而要休息似的,准备收拾收拾回家了。

桐升麻子的头几乎碰到了地面,像是下面有人拉他一样,像那硕大的冬瓜垂下来,再垂下来,直到把土压了一个小坑,把冬瓜藤拉得绷直了,随时可断的样子。

但是冬瓜藤没有那么容易断,就算把冬瓜摘下来,藤也不断。只有等到炎日过去,水分蒸发,秋风萧瑟,它才干枯萎靡。叶子用手一揉能簌簌碎落,藤也变脆,一折便断。不过也没有谁去折,男孩爱钓鱼、捉鸟、钻果园,女孩爱跳田、摘花、过家家。来年开春,大人在冬瓜架子底下种上新的蔬菜瓜果。寒暑交替,日月升降,架子上冬瓜藤一层一层重叠交错盘结纠缠,又混杂了南瓜藤、蛾眉豆藤、苦瓜藤、刀把豆藤、丝瓜藤……

在太阳的光辉里,这些藤蔓的细足深深嵌入被风雨和日月综合作用成黑色且有点腐朽以致根部长出细小木耳的木头架子上,垂下无数蛾眉豆,垂下丝瓜、南瓜,垂下爆裂后火红似花的苦瓜,也垂下又矮又胖常用以骂人的冬瓜……

据说桐升麻子隔三岔五在清冷的月色或一片漆黑里,从从容容地,今天提走丝瓜,明天抱走南瓜……

丢失了瓜果蔬菜的主人,岂有不骂之理?本来桐升麻子也不必骂,要是看见是他偷的,也没人骂,偷了就偷了。但是万一是其他好吃懒做的人干的好事呢?所以,岂有不骂之理?

也不是破口大骂,那是骂街的方式,骂贼则别有一种风情。

骂声在屋檐与屋檐间穿梭,在群山中隐约若现,在水面与满河白鸭子嬉戏,穿透长年深绿逼人的大杉树林,蔓延各处……

倘若对面山头也有人骂,那一唱一和,仿佛两道怒泉从高山绝涧间流出,又汇集一处。不懂本地方言的外乡人,会疑心这是在对歌。又会疑惑,两个妇人对歌干什么呢?而且歌里那股奔驶而出的愤怒、悲伤、无奈,又是因为什么?

提起这件事,那种抑扬婉转的情调,毫不重复的骂词,竟有一种奇妙,使我感到词语的贫乏,实在无法形容。

这些浮荡在黄昏景色中的骂人歌声,也终于在桐升麻子翻身上床之前,或之后,近抵眉前——他耳朵不大好,不一定能听到。

可是他也驼背,上床也不一定就睡死了,况且骂声不绝如缕……

直到有一天(是夏天?是秋天?反正是有鸭子的季节),常年遭受菜蔬被窃之苦的人家才算松了口气。那天,院子中心,大巷弄旁边喧闹异常,从大巷弄口子上斜身子能看到一团团五彩碎纸云尘。那是鞭炮在半空中爆裂后所形成的。"砰砰砰砰"的鞭炮声与桐升麻子屋前的鼎沸人声相应和。

我踮起脚,看到桐升麻子躺在厅屋里的一床席子上。他死了。

我又一次仔细地看这座坐镇大院子中心的老屋,一共有两间。一间是木板做的,是厅屋,相当于客厅。另一间是青砖砌的,是房屋,相当于卧室。跟我以前看到的一个样。

同时,太阳光照着厅屋里的沟沟壑壑,抬头看晃人眼睛。桐升麻子仿佛躺在一幅沙土地图上,横断山脉,长白山脉,近点儿的雪峰山脉;长江,黄河,近点儿的资水,在他身下排列蜿蜒。

第二天,木匠做好了新鲜的棺木。上漆来不及了,小伙子给棺木涂上墨汁。桐升麻子被装了进去。他的驼背是怎么处理的?至今依然是个谜。

来白村中的意见,推选出高年硕德的老人,主持了丧事。出丧那天,彪壮的人们抬了棺木,瘦小点儿的手持大铳,在天空中"轰"地炸响,冒出几缕蓝烟。锣鼓、唢呐、钹、人、畜生,众声相和,热闹了溪水平衍的两岸……

坟山据说是桐升麻子亲自选好的。在朝阳庵右侧,左有茶林,右有水井,前有溪流,后有重山。"山环水抱,"风水先生说,"这个家伙,葬了个好坟。"置棺坑前面,桐升麻子埋着一块砖头、一个鸡蛋。迷信的说法,砖是金砖,来世财运亨通;鸡蛋吸收天地灵气日月精华四时精髓,要是起了血丝,来世必荣华富贵,为人上之人。砖头和臭鸡蛋被挖坑的一锄头勾了出来:"信什么迷信……"砖头落入水田。臭鸡蛋也摔破了,马上被一群蚂蚁爬满了。我看到有黑色山蚂蚁和小红蚂蚁等。

虚构：铜鼓潭

寨上山有宝贝。夜里，山上会发出红光。

铜鼓潭不知有多少人听过这个故事。至少，连最年高德劭的老者也说不清楚那剪径强人所建的寨子成为废木料场的年代了。

铜鼓潭不知有多少人想要亲自去寨上看看，去取宝，却畏惧沿路的峭壁悬崖，荆棘丛生，非鸟雀不能过。或许真有去的，但是我并不知道。

不知有多少人日夜为铜鼓潭所养，又离开它，唾弃它，污染它。我也曾在里面和人群夺过被雷管炸晕的鱼，但具体是什么鱼，假使有人一定要去考证，我就说一切从未发生。

铜鼓潭水面宽阔，无风时水波不动，起风时水波荡漾。水上漂满了小孩的乳名、牛哞羊咩鸡鸣狗吠和千百年堆积的人声。八百岁的炊烟照着潭水梳理辫子，早一次，晚一次。日落前后，你会看到女人们开始把煤柴添进灶眼，架锅架鼎，做起夜饭来。灶台里有一个内锅。所谓内锅是什么呢？在乡下待过的应该不会不知道吧。它也叫温锅，是深嵌在灶墙里面的。烧火的同时，灶台受热，热量传到温锅上，锅里的水便慢慢地冒出热气。等到它们汩汩翻滚，下窑的男人、放牛的小孩，也该在门边吹响或沙哑或清脆的哨子了。

黄昏时天气好像刚刚出完瓦的瓦窑，令人十分郁闷。矿下拖煤的，那黝黑的门洞里生火做饭的女人等待的对象，对于上面房子里的女子和正在河边草滩或山坡上放牧一头水牛或几只黑白小羊的儿童，怀了不可言说的温爱，虽然热得心里烦躁，却只想多拖两三筐再上去。

鼓声就在他们装煤的空隙里传了进来。不知道发自什么地方。好像是清晰地在耳朵边上敲响，又仿佛离地面还很远那样缥缈。咚——咚——咚——咚咚、咚咚——咚咚咚、咚咚咚——咚咚咚咚咚。鼓声越来越急切，到后来渐渐听不清楚鼓点，只是一片朦胧浑然，好像戏里武生刀枪互斗，刀光枪影舞到水泄不通、风吹不进……听得人心里焦急发慌，却还支棱着耳朵。

既然心神魂魄都被勾走，大家就扔下筐子铲子，跑到外面去看看到底在耍什么把戏。

河岸上早已围了一大圈人。有刚刚从水面下钻出来，手里提了一根钓竿,一条鲤鱼还在线上挣跳的小孩;有怀抱婴儿喂奶的新母亲;有从山里回来荷锄担柴的男子;有嘴里反刍着什么树叶草茎的牛崽;有咩咩叫唤的白的黑的沿路掉下黑豆大小屎粒的羊羔子;有闲人;有跟随主人跑的狗,在人们腿间钻进钻出……溪面各处飞舞着红蜻蜓、黄蜻蜓、绿蜻蜓,最多的是红蜻蜓。燕子飞得极低,剪刀尾巴不时擦落了稻花。天上起了云,好像各式各样大小怪兽,翻滚变幻,看过的人都说好看。竹林被风吹出了十分大的声音。热风吹到身上,马上在衣衫上结出一层盐花,马上吹出一身新汗。

蜻蜓飞得极乱,可是人们的心思都已被对岸高崖草坡上一个打鼓的人物吸住了。击鼓的是个老人家,白衣衫白头发,胡子也白得透明闪光。这一片白被大风吹得左右飘飞,而超然风声而上的鼓声像一万响的炮仗,又像除夕那一夜的烟花,声音响亮,开出花朵,是不曾梦过的如此的歌唱。那张鼓,更极其少见。直径怕有一展臂,黄桶那么大,鼓身子必是黄铜做的,光芒幽幽夺目,像是经过精细遴选的女童的手掌摩挲无数遍之后方才得到,是宝物。

人们的魂魄仿佛脱离了身体,恍恍惚惚,一面闭了眼睛,一面且唱且哼,渡过了溪水……突然落了大雨……挟以骇人的雷声。闪电从树梢上掠过,水面被照得澄澈通明,"轰"的一声炸雷惊醒了人群,溪对岸的鼓声也似乎被雷声炸飞了。有人看见一个穿白色衣服的老人走到溪边,一眨眼就不见了,水面上溅起朵朵水花……却再也不露他一丝痕迹。

大雨落了一夜。清溪水面业已加宽了一倍,哗哗地淌着黄泥汤。水面各处偶尔漂下上游木桥被冲散后粗壮的木头。地上到处是临时的小溪,清的、黄的,急的、缓的,都泻到潭中,发出茶壶装水水将满时一样的响声。树叶子把水滴到下一层树叶,再下一层,再下一层,最后一直掉到了湿泥巴地里。

雨停时人们赶到煤矿边上,发现水口已经快齐到矿沿了;山坡上冲下的水柱还不断地越过挡水土埂,加入一井灰黑水里。黑水还打着旋涡,看样子下面有一个大洞口,正在把水吸进去。人们七手八脚地把冲来的沟水引开,心里却明白得很:这煤矿是崩塌了。

如你所想,人们说起对溪高崖上老人似乎没有带走的大鼓。可是崖上光光的,鼓早已被激流撞得不见影子了。

那虎虎动人的鼓声还未为人所忘却,而且有人说,要是不听到打鼓,窑下的人说不定就浸死在窑里了,说起来,是鼓救了我们啊。

既然如此,这个潭,这个地方从此就名之为铜鼓潭吧。你可以看出,这明显带着迷信色彩,可是一个地名的由来,自然有它或瑰美或古怪的故事,在它得名之前是如此,在它得名之后又何尝不是?

又过若干年。用"若干"比较贴切,因为我对一切都并不敢肯定。又过若干年,寨上山的寨子的痕迹全部消失,空地上重新长起一片高深的杂树。人们还是世代听到传说,但无论是故事本身还是言辞之间都已经有了细微的改变,变成是铜鼓潭下面住着仙人。寨上山有珍宝,有时夜里会发出红光。

别问我为什么获悉种种变化。我只能说,又过若干年,潭边人商议煤矿似乎还可开采,就集合强壮劳力,清理掉那堆坍土,在旁边另开了一个窑,把休息的煤再挖出来,满足本村燃料所需。又辟一亩田,堆放余煤,贩卖到外地,或由外地人来拉,换了很多钱。

这一天,只剩下一个人在窑下收拾铁锨、铲子、镐头等一应工具。矿灯充电不足,光线渐渐微弱。他只好安静地坐着等人下来。四周是如此安静,地下虫鸣也不曾发生。在这安静中,他耳边隐约传来声音,似乎就在隔壁。侧耳听,似有人叫唤声、小孩哭声、鞭炮声、唢呐声、锣鼓声,诸声混杂不真切,像在水中听人说话,但是,绝对不是井上那些事。他对井上的笑声都了若指掌,这一点我倒并没有骗你。他用镐头敲敲土墙,传来沉闷的回声。于是他尽力挖凿,湿土块簌簌啪啪掉落,各种声响愈加清晰了。又猛力一镐下去,一束拳头大小的光线猛然打了进来。他心里闪过传说，闪过遇见仙人与藏宝的狂喜，双手挥舞得更加迅急用力。洞口慢慢扩大，终于可容一人爬过。

他的头探出去时，没有遇到珍宝和仙人。他不会遇到这些。他眼前豁然开朗，只是一片桃花源一样的地方。"屋舍俨然，阡陌交通，鸡犬相闻，黄发垂髫，并怡然自乐。"与铜鼓潭并无二致。只是稍稍远离洞口，有一条小溪，蹚过溪水，经过一片广阔的稻田可以到达最近的房屋，两排涂了发亮的桐油漆的木头房子，夹着一条小街。街上似乎正举办市集。那喧闹的人声，满箩满筐地装着，一排一排摆列着，一屋一屋搁着，一层一层堆着，仿佛还实在万万不能装下。围看耍猴子把戏的一圈人发出那喧闹人声的一部分。

有人迎娶新娘，有人出殡，两方面炮仗都震天响。锣鼓、唢呐、哭声、大喊大嚷讨价还价的论调，你骂我一句娘，我骂你一句娘，你再骂我一句娘……人太多，好像米厂里白花花的米那般拥挤……很明显，这一切与铜鼓潭并无二致。但此间人与铜鼓潭人相比，高大强壮美丽许多。男如猛兽，如水中磐石；女子清丽，如石上山泉。出殡的队伍中男人脖颈上所挂之鼓，他只听说过没见过，直径怕有一展臂，黄桶大小。鼓身子必是黄铜做的，光芒幽幽夺目，必经过了无数女童的手掌无数遍摩挲方才得到。

集上的骚动,吵吵闹闹,那种喧嚣的起伏,远远听去像是飞瀑直坠的声音。他在这宏壮的潮声中,寻找有水井的地方。有人指给他那条小溪。溪水潆洄清亮,水里的石子和鱼都看得很清楚,或动或游,与铜鼓潭并无二致。缘溪而行,桃花夹岸,中无杂树。落英缤纷,芳草萋萋。尽处有高崖,上面长满各种绿色植物,有藤葛,有小树,有百年老松,有枝叶间尚挂了未落尽的暖红的果实的大丛火棘。石缝中一股大泉坠下,尖石划开,帛帛有声,又飞流直下,掉进一个深潭。潭边异花开放,在水边梳妆,蜂蝶翩然翻飞。掬水饮之,甘洌清甜。一头黄麂在潭边舐水,见人而不奔走。这一切美丽、明媚、新鲜,这一切令人妒羡、赞美、惊奇。

他流连一天,等到白日西坠,鸟雀回巢,青山的轮廓渐渐模糊,连绵起伏令人疑心是一个长长的哈欠。似乎木头房子的烟囱里升起袅袅炊烟,集市上却依然那般吵闹。等到灯光星星点点,眼前更何其不可思议——那一片灯光都是红色的。

待到天明,他想念那黝黑门洞里白脸的女人和爱哭爱闹的孩童。他往来时的路上走,但是早已经仿佛梦里游过的河,处处不留痕迹。

潭边。春草迅速发青。他攀到潭上高崖摘"猫眼睛"充饥。"猫眼睛"味道有点涩,但是饿得慌了也不失为一种美食。拨开火棘枝叶,他看到了一个洞口。

弓身钻进去,走约十里路,一路并无羁绊。再往前走有个大东西挡住了去路,直径怕有一展臂,黄桶大小。摸上去光滑细腻,想必经过了女童无数遍细心摩挲。轻捶一下就发出震耳欲聋的声音。绕过这个大怪物,再前行十余步,你会发现彻底到了绝路。别着急,小心地摸索,你会在右手边发现一个旁洞,大小跟南方地窖的储藏库差不多。身边有石子的话,扔一颗下去,很久之后你会听到咕咚一声水响。这说明,下面至少是一口深井,也许是一片宽潭。我为什么说要小心地摸索呢?因为如果不小心,你在黑暗之中是很可能摔下去的。当时他就是摔下去了。不过摔下去也无须惊慌,你顶多落水之前有一刹那的恐惧绝望,但是只要你会游水,只要你还有力气游水,你就在这本来没有波纹现在被你弄出纤瘦波纹的深潭里拼命游弋吧。你不必惊慌,不必恐惧,什么也不要想,什么也不必说,只需要一直往前游,一直往前游,你就能像他一样,像任何人一样,来到铜鼓潭清澈的水面。

闹马山

一

为了逃学,我窝在江边上的石料堆里,藏到烟草站楼顶的大水缸中,听任她竭声嘶喊。她以为我淹死了,沿着河岸边喊边走,带着压低的哭腔。

这一切我在烟草站楼顶看得清清楚楚。烟阜站的废水泥缸子积满砖瓦石块,狗尾巴草个头很高。翻开瓦砾,蟋蟀顺着枯枝爬。我想抓住它,可是怕被它咬到手指,就盯着这黑色粗笨的东西,直到它重新栖驻到潮湿的黑暗之中,或者消失于浓密的矮小灌木丛中。

江岸石料场,大块大块的石头堆了一亩田,大石头之间的空隙可以容身。手臂擦在石头棱上总是把皮磨破,流出血。

学校在桐木山。后面有三棵古树,一棵是皂角树,一棵是枫树,一棵是槭树。夏天,白鹭和灰鹭把树占据了一半,树几乎变成白色。把石头往树上扔,如果扔得足够高,白鹭群飞,突然越过河,飞到对岸的山林中。休息时,它们的鸣叫短促慵懒,带颤音。捕食的时候,我从没见过它们发声,我猜是为了不惊动敌人。它在水田里啄泥鳅,飞到浅水滩上抓小鱼,然后把它们吃掉,或者叼回去,给小白鹭吃。

树下有块大坪,全被树荫遮住,落满了白色鸟屎。大风来时,吹落几只小白鹭。如果谁幸运,当时恰好在场,就可以把它捉住,代替大鸟喂东西给它吃。它除了吃泥鳅和鱼,还吃小蚱蜢、细蝗虫,但不吃蝉。

蝉也就是知了。我妈又告诉我是"牡凤"。我相信它们是一种东西。在三棵古树上,成千上万的蝉整个夏天都在叫。叫声就像树叶子一样,把每棵树都挂满了,还有很多掉到了地上,被小风吹跑。

如果没什么惊扰,蝉的叫声会始终如一,绝无变化。我躺在草坪里,已经习惯听它嘶声鼓噪。可是当我翻身,弄出了点动静,或者撒尿时淋在草叶树枝上的声音太响,它就突然不叫了。并不是不叫,只是好像在远处,距离拉开使音量显得弱小。也许并不是飞走了,只是把声音压低了。可是也可能真的飞了。当你离开后,刚才站立的地点又乐声大作。总之,它们就是要让你觉得迷惑蹊跷。我小心翼翼地走近。在一根小灌木细枝分叉的地方,它正拿尖嘴钻进树皮喝水。我的大拇指和食指好像螳螂猎食的大刀,无论蝉怎样挣扎,都不曾松开。

我喜欢这三棵古树、树下的黄土坪、坪上白白的白鹭粪便。但因为大人的告诫我不敢碰那最靠近学校的枫树,他们说那是一棵"树王爷"。树下有碗碟,碗碟里装着供品,旁边插着熄不灭的香烛。你要是胡乱动它,它就会怪你,要你肚子疼,就像指月亮会被割掉耳朵一样。而且,往往我刚刚掏出小鸟,还没往树干上撒尿,就被班主任抓回去了。青竹等人站在河边大声地笑我。

二

水流经这里,显出孕妇一般的丰饶身段。一些女人受了大小不等的气,想不开,便跳河而死。

其中有一个女人名叫水莲。在山林里,水莲与一个挖煤的外乡人合欢,生了个婴儿,为人所知。这个女人出于羞惭,故意在冷水里溺死了。那个婴儿就是月宝。他天天和我们一块在江里洗澡。青竹说:"你妈妈是露水鬼,小心她把你接去。"没想到他一点也不怕,说:"我妈不会接我,要接也是接你!"我们都觉得他说得很有道理,他妈妈要是想接他,只要她在自己溺死那天带着月宝一同沉到水底去即可。要是她真的饿了,想找个小孩吃,那她肯定找别人家的。这一条把我们吓坏了。

大人说,露水鬼会变作各种东西。它想吃女孩,也许会变成一块花手帕,你一挨近,它就把你拉到水底,让你陪着它。有时会变成一条肥鱼,没力气似的漂在石头桥下,河水幽清。小院子的秋生在铜鼓潭,就为这个送了小命。不过露水鬼离开了水,就什么气力都使不上了。我爷爷说,夏天一个人在江边上车水,一个光溜溜的小个子从江里钻了出来,要帮他一把。他说:"难为你了。"小个子又叫他去江里洗澡(想要他的命)。他设计用言辞把小个子骗到背上。一上背,就箍紧它,死不放手。到了屋里,往地上一扔。露水鬼变作一个棕树篼。一斧头劈开,流出好多血。我爷爷说,你在河里洗脚的时候,它会挠你的脚心,你站不稳倒到水里,它就把你拖到深水去淹死。

这是大人吓唬小孩,令他畏惧下水。他们也说在老虎崖有野猪婆婆，黑树湾有高臂大王。有人说见过它们。有人说，鸡公吃完喜酒，背回一块猪后腿肉，路经黑树湾，肩头一轻，猪后腿不翼而飞。它们还跑到梦里吓人，往往青衣裹身，御风而行。

我没有见过高臂大王，但是见过黑树湾高高的毛竹。这种毛竹在别的山中很罕见，最适合做钓竿。但山是有主人的，偷一次竹子，要冒一次险，要小心被抓住衣领，提到你家向你爸问罪。主人比鬼更可憎，但是主人没有鬼那么大的本事，可以百万军中取上将之头。我偷过两次之后，已经有好几捆钓竿，根本没有办法用完，只能插在春天里，供四季豆、豌豆攀缘。

风和日月使毛竹失去水分，青面变成了黄面。

奶奶所在的村庄有人放电影，《醉鬼张三》。我像个癫子，跑过去看。电影散场，什么都睡了。一切寂静。星星和五指都看不见。我贪近，怕黑，往奶奶家走。可是门上了锁，人都走光了。星星和五指都看不见。人一动狗就叫。

毛竹靠在奶奶房屋的木板门边。我抽了一根。进了闹马山，会碰到更多的狗狂吠，我需要用这竹竿打那些畜生，以免被它们追上。快走到拱桥了。拱桥边一盏香油灯被风吹得左右摇晃。那是照着新死的人的灯。才放完一场电影，这么快就死了人？是农药鬼吧。旁边也许站满了黑树湾一带的阴魂。我闭上双眼，飞快地走着。竹子擎在前方。心脏挂在竹子上。竹子好比行军冲锋时阵首的旗子,为我壮胆,使我的脚尚可移动。跑出一段距离,鬼应该追不上我了,回头看那灯盏是不是被风吹熄。我看见它在摇摆,仿佛有人用手挡着阴风,而风吹过指缝。

途经拱桥去闹马山,往往有新死之人的棺木摆在桥头。棺木底下放着一盏灯。风好像吹过什么透明的手指,摇曳香油燃烧的灯光。而为驱鬼起见,为壮大胆子,我每次夜间经过,手里必提一根竹棍。

三

竹枝抽在屁股上最疼。我躲在草丛里,不想去点麦子。天色漆黑时我才湿淋淋地回来,手上提了条三指宽的晕鱼。那是我跟炸鱼的跑了一天才捉到的。

最后总是想睡觉。为了睡觉,只好让竹枝把屁股抽烂。为了不挨打,就睡在墙角的柴窠里或牛栏顶上的枯草中。早上被阳光吵醒,妈妈看了心疼,打了三个荷包蛋给我吃。那条晕鱼已经红烧,撒满姜末、蒜叶子、辣椒末。

闹马山对面是朝阳庵。吃过鱼后,妈妈要我跟她去老虎崖锄红薯，这样就要经过朝阳庵。我常常羡慕庵堂里的菩萨，他们完全不用在太阳底下锄地。

红薯地里，一只黑狗正在追一只肥肥的灰野兔。我回头，看见野兔跑出黄色绿色的草，来到了我的锄头底下。妈妈当时正在跟我说话，我根本没来得及把锄头抡到兔子脑壳上去。妈妈说："今夜你跟我去找你爸。天天打牌，不回家了，干脆死到外面，别回来了。"

当时太阳马上就要下山，在黄昏中，狗的主人把狗叫到了身边，手里提着那只大灰兔，还赶着一头大水牛。

当太阳真的下山了，我们去找我爸。月亮很大，闹马山很小，每一条路都被照得很亮，在几百户人家里，我们逐户找他。妈妈白天表现得十分恨我爸，现在倒急于找到他。我觉得她有点奇怪，不过还是乖乖地拉着她的左手，自己的左手提着煤油灯。迎面走来的人手里拿着手电筒，手电筒发出雪亮的光。可气的是他们还喜欢照我们的脸。

我们在每一个有灯光的窗子前停下来。窗户大敞开的什么异常都没有。那些贴了窗户纸或者安着花玻璃的窗子，如果只有下半部不能透视，她就把我抱上窗台，让我看里面的人在做什么，是否在打牌，是否有我爸爸。要是恰好窗台被设在里面，玻璃好像贴在墙上，根本站不住脚，我妈就让我骑在她肩上，跟看戏一样。

从某个时候开始,我站在窗外,眼皮开始打架。我瞌睡了,但是并不想睡。妈妈带我去另一个亮窗子后,我迫不及待要爬上窗台。因为,在此之前,我看到了洗澡的母女两个人。我吓了一跳,同时又觉得非常好玩,比睡觉有意思得多。

那时的月亮可以叫作明月,乳房般温暖,相比之下,青蛙叫声如满天星斗。在恍惚中我们经过拱桥,妈妈在桥上,我在妈妈背上,在我睡着之前,我听她说闹马山的事,说……闹马山……传说中睡着了的……马。

云

  荷香桥镇的橘子树全部被虫吃了。那一年一个橘子也没结。整个夏天,橘子山里,没有碧绿的叶子,没有金黄的橘子,树干和树枝夏天一过可能就干了,砍回去当柴烧,可惜。不过也只能这样。

  桑树倒是长得非常好。佩珠只能不停地剪掉小枝条,好让大枝条长得更大,桑叶也长得更大。成捆成捆的干桑树枝堆在房子周围,堆成了一堵又高又厚的围墙,走在上面,就可以摘到树尖上的桃子。往常,这些桃子都是用竹竿敲下来的,用一个篮子在下面接着。可是一不小心桃子就摔到篮子外面去了,摔到地上,砸烂了,只好马上吃掉。所以,我还是希望没有这么高的柴堆。以前,我是希望没有那么好的眼力,桃子全部掉到地上。桑树枝这么高。晒得干喷喷的,仿佛要小心晚霞把它点燃了。

你说"晚霞",荷香桥的人不懂是什么,说"火烧云"他们也不懂。只能说"快落日头时天上的云",或"日头落时天上的云",要不就是指着晚霞,说,小心那些云把柴点燃了。

这些云,在荷香桥,在桃花坪,在小沙江,都是一样的,和其他地方的也差不多。最常见的是桑葚那样的红色和橘子一样的橙色,还有像鱼肚子一样的白色。

随便看一片云,可能什么也不像,也可能什么都像。这在哪里都是一样的。晴天的白云,阴天的乌云,早上的云,黄昏的云,云南的云,西藏的云,都可以生出许多变化。眼光放开一点,再和周围的景物搭配起来,各个地方的云才真正有了特色。眼光放开一点,可能会看到一片澄澈明净的江水,江面还有波纹,有山的倒影,与之相应的,湖边上恰好有一座山。突然水面上跳出一条鱼,一只小小的船马上朝鱼那边划过去了。

低头一看,你也会看到一片澄澈明净的江水,江面还有波纹,有山的倒影,与之相应的,湖边上恰好有一座山。突然水面上跳出一条鱼,一只小小的船马上朝鱼那边划过去了。

飘满鱼的天空

大雨制造了一条浑浊的河流,它急促地向更大的河流奔去。落叶和鸭子在桥墩下的旋涡里打圈圈,沉下去,又在别处浮上来。鸭子惊声尖叫。我背负一个捞网(捞鱼的工具),没工夫理会这些,一路前行。妹妹提着鱼篓,赤脚在泥水里提起、落下,勉强跟上我的步伐。

在河岸内凹的河段,或者河湾,风暴中心一般平静,大白泡沫和碎树枝等在水面洄游,仿佛到了这里水再也冲不走它们,就算大雨再下十天十夜,或十一天,只能任它们在洄水中悠然自在,自在神游。鱼就藏在这些悠然下,在混杂着各种杂物的浑浊水流的汹涌奔驶中,鱼待在这里寻求片刻安静。

早到的大有人在。癞皮三爷已经把罾架好,并且我目睹他起了第一罾。罾里跳着大点的草鱼,小点的鲤鱼,更小的泥鳅,长的黄鳝,短的虾子……他并不挑拣,一概捉起来放进脚边那个灰黑的篓子里。然后又把罾放回水中,坐在田埂上,斗篷放在旁边,雨已停了,他卷了旱烟抽,阳光照着他的脸。他脸上很欢喜,但一言不发。这是真实的回忆吗?好像不是。其实是想象?它又很鲜明,不那么空穴来风……

我只能在河边的水草丛里,一网罩下去,捞上几只草茎上挥舞须角的小虾,几只螃蟹,几条手指粗的白星子。或者在稻田水注入河流的端口,意外地获得几条吊水泥鳅。我们走在河边,斗笠偶尔飘落,等待夜色渐锁,鱼篓变得稍沉。妹妹总爱把鼻子使劲伸进篓口,看,闻,那群滑溜溜的东西似乎给她很大的快感,一上午她就看了那么一千次。

晴天,夏天,农闲,我们可以钓鱼。白天放白钓(为了方便如此称呼之,和夜钓相对,其实哪有这么古怪的叫法),晚上放夜钓。所谓夜钓,大体和白钓并无二致,也是上好钓饵,也是放到水里,也是等鱼儿傻不拉叽来吃。区别在于白钓是随时有鱼随时取,夜钓却整夜垂在水里,天亮再取。我那个夏天一直等待鱼儿上我的钓钩,但也许是我的饵上得不好,也许我跟鱼有仇,基本上整个夏天一无所获。同去的小孩放十竿钓的话,再不济也能起上一条大鱼,多时甚至三四条,我很眼红。每天清早,我不得不沮丧地开始新的一天,入夜,又满怀希望,把钓放在少有人去的河段，深水的河湾，期望一鸣惊人……

爷爷说："你去放毫。"这又是捕捉水产的方法之一，具体来说，是捕捉泥鳅和黄鳝之法。所谓"毫"，是这种工具的土音音译。它的形状像个酒瓶，更像点的话，像个可乐瓶子，因为它的腰部有优美的凹陷。细竹篾片织成平行的图案，很好看，也很实用。在毫的一面中部稍靠前方一点涂上用煤灰和蚯蚓捣碎搅和而成的诱饵，再用泥巴糊上（作用是只令诱饵散发气味，而防止水将其浸透，使其脱落漂散沉潜），夜里放进稻田。放时稍微陷进湿泥，而口子和泥面持平或稍低。这样，为美味所诱，泥鳅和黄鳝不得不钻入毫中。自然，工具的巧妙使它们进去容易出来难。也还是清早，我去把毫取回。为了辨认位置，我只需要找前夜插上的柴棍子。那是我的标签，显示了我谨慎的一面，因此我从未丢失爷爷给我的十只毫中的任何一只。只有一次，我起来晚了，夜里下了大雨，稻田已经被夏天的一个农夫赶着一头水牛犁翻……这也说明，我小时候就因为睡懒觉的坏习惯遭受过损失……

罾、捞网、钓（无论白钓夜钓）、毫，都不能迅速有效地获得大量的鱼，顶多够一家人吃两三顿。后来人们创造了很多办法，又由出门打工的人借鉴沿海开放城市的捕鱼经验，花招迭出。我目睹诸多花招的诞生，不知哪个更好，如何是好。

无论如何，捉鱼的绝好季节还是夏天。这里雨季长，山洪暴发量大，往往会把散布各处的池塘水库冲垮。这就意味着大批有主之鱼变成无主之鱼，顺着山涧水沟游进河里，有的甚至流到了洞庭湖一类的大地方。水一退，割据各个河段的村子也许会不约而同地想到，毒鱼的大好机会来临了。

据我所知，一般是用茶枯水施毒。所谓茶枯，是指茶籽榨油后剩余的渣滓，一般压成圆饼状，可以燃烧取暖，经久不熄。小学时有个男孩经常用手指迅速地把别人火桶里燃得正旺的茶枯夹到自己的火桶里。茶枯也可以研磨成粉，与水相调，倒入河中，使鱼虾蟹龟中毒晕眩，浮上水面。还可以剁碎了，用来洗衣服呢。大致就是这些，也许各地稍有不同。

据我所知，人们用打谷机桶装了这些茶枯水，凌晨在上游倾倒。天一亮，鱼就差不多撑不住了，纷纷翻白。得知了消息、发现了动静的大人小孩都聚集在河边。鱼本来聚集在河底，现在成群结队浮上水面，河里一片鱼肚白，在阳光的照射下偶尔光彩夺目，好似繁星密布的天空，一会儿其中大部分会被或大或小的手提上岸去，小部分则果了鸭子腹。

我也曾捡过几回鱼。从小到大，这样的毒鱼行动进行过不下十回，某年二十天之内甚至连搞两次，我不是瞎子，没有理由一无所获。当然，收获也并不大，捡到的鱼都在一斤以下。有一次在坝上放牛时，我倒是看到过一尾大的。我看到它尾巴一闪。我衣衫也没脱，就扑通一下跳了下去，跟着又有几个人奋不顾身地跳了下去。我除了碰到了一下鱼尾巴（也许是腰肢），什么也没碰到。相信别人也不比我幸运多少。那鱼太大，一时半会儿晕不了，后来在下游一里左右有人捞到一条七斤多的大鱼，我怀疑它就是我碰过尾巴的那条鱼。

后来，人们又懒得磨茶枯水，直接倒一桶农药，敌敌畏、杀虫净什么的，省事多了，效果也更加明显。这样搞了几回，大鱼就比较少了，还毒死过鸭子。几个女人在河边拎着死鸭大声叫骂。我吃了这种鱼之后拉了一阵肚子，拉完肚子，我有点虚弱。

总的来说，这样倒药，除了鱼死得多点、鸭子连坐、几个肠胃不好的人拉了肚子之外，基本上没出什么事故，人们就更加放开手来干了。河里的鱼少了点，也正因为这样，丝草长得更茂盛了，用池塘养鱼的人因此减轻了很多负担。河鱼吃的丝草池塘里的鱼岂有不爱之理？有一段时间竟然有外村、外乡的人开着拖拉机来这里扯丝草，一车一车地运走，河里的丝草也不见少。腊月二十几的时候，这些鱼一般已经长到两斤左右，人们就用抽水机把池塘里的水抽个见底，把能看到的大鱼全部捉上来，放在水桶里卖。喂丝草的鱼很鲜，这是共识，因此往往不出半天，养了一年的鱼就各随其主，分散完毕。池塘里只剩下几个不屈不挠的小孩在寻找泥巴深处的鲫鱼和泥鳅，全身是泥，但眼睛是清澈雪亮的。

有的人不只过年想吃鱼，平时也想增加点营养。街上自然有卖的，但是贵啊。于是有人夏天就用炸药在深水处炸。先扔点米或蛆什么的到水里，把鱼骗到一块儿，然后再扔炸弹。往往收获颇丰。我记得二十世纪八十年代，村里有几个人因此被炸成了重伤。往往是一条手臂炸飞了，孤零零地躺在河滩上。这几个人，后来都被称作"一把手"。再后来，电雷管传入山村，只用两节五号电池正负极轻轻一碰，事先放在水里的炸弹就听话地制造出巨大罕见的水柱。片刻之后，鱼就陆续现身，仿佛满天的繁星……也有的时候，月明星稀，而且那"月亮"还被一个身手敏捷异乎常人的小孩轻松夺去，拿电池的人就会仰望苍穹，或俯瞰水面，或遥看远方，口里骂着脏话，又往上游或下游走去……身后是水面，漂着灿烂的鱼肚白。

炸鱼快捷、有效，后来也变得安全，但是，金无足赤，炸鱼也会受季节时令限制：冬春秋不能炸，因为水冷，为了条鱼打摆子不值得；涨大水时不能炸，生命诚可贵。这时候，麻鱼机亮相了。这种麻鱼机可以全天候工作，而且在目前几年，你绝不会空手而归……好处是如此明显，很快有人以此为业，整天在河道低头工作，一手麻，一手捞。除了自己吃，多余的可换钞票，泥鳅三块五一斤，黄鳝三块一斤，小鱼呢？大鱼呢？我记不清楚了。除了在河里逮野鱼，夜幕降临，还可到有主人的池塘转转……冬天可得小心，塘埂上埋着防贼爆弹，威力不大不小，一踩就爆，不会让你血肉横飞，但足以令你脚板血肉模糊……

后来，有人买来了一条小船。船上没有什么鸬鹚之类的鸟雀打盹，只有一台小型发电机在轰鸣。两条电线垂到河里，船尾拖着一个渔网……龙王（要是有）总是透过水晶宫透明的屋顶看到闪电……也许是受这种机器的启发，一个我认识的鼻毛茂盛的长辈，笑呵呵地说："把变压站的高压线剪下来，放到水里，我就不信高桥下那八条金鲤鱼不出来。"高桥下有金鲤鱼是本地的一个传说。传说鲤鱼白天很少出现，半夜在河面上高高地跃起，一条接一条。看到的人会吉祥得不得了。传说是否可信我不敢断言，捕鱼的方法、工具和鱼相比，哪个更多，哪个更少，我也不敢断言。

溺水记

我坐在树上，吊着双腿，像一只断了翅膀的乌鸦。我为了躲避被叫去点麦子而坐在树上已经很久了。远处传来了沉闷巨大的一声钝响，好像是重大的东西从高处砸到地上，比如两个我这么重的人从两个我屁股下的树这么高的地方摔下去。其实是炸弹，是雷管爆炸，是水下。

一条水柱在河里拔地而起，有一两丈高。没等这股白亮的云状东西落下，四面八方的小孩，放牛的，摘桐子的，扯稗子的，砍柴的，玩的，坐在树上的，都飞跑过去，好像铁钉遇到了大磁铁。那躲在茶子树后拉屎的毛孩，屁股就随便摘片南瓜叶子抹了一下。跑到河埂上的时候，早就跟在炸鱼者屁股后面的那些人正在那里瞪大眼睛看浪里是否有鱼浮上来。所以我跑到那里，为时未晚。

一有动静，水上现出个白肚子，无数人，有二三十个，其中有小孩也有大人，都扑通扑通又好像铁钉遇到了磁铁一样掉进河里去了。那个白东西也可能是鱼肚皮，也可能只是片泡沫。在它周围，无数黑黑黄黄的身体上下翻滚，龙王煮洋芋，哪里看得清有鱼没鱼。那个放雷管的，准备了一个捞网，伸着长长的竹竿，站在岸上，眼明手快，力气用得最少，鱼倒获得最多。

以前炸鱼，炸药抓在手里，点燃引线后往河里扔，往往在手里就爆炸了。这样就产生了几个"一把手"。但叫这个外号的却只有一个，总不能把一个外号给无数人吧。河滩上那只手，使大人对小孩说："去跟炸鱼的玩吧，炸死就好了。"

我妈也是这样告诫我的。我猜她是为了让我跟她去点麦子，而不让我玩。后来都是用电雷管了，很安全了，她依然不让我去抢鱼。

在铜鼓潭，在大水凹，在坝上，水深鱼肥，每炸一次，都能得二十来斤。有时多点，有时少点。小鱼，像白星子、砧板鱼、麻坨坨那些，就不算了，让不会游水的小毛孩在下游捡去。但是，铜鼓潭水太深，每年都要淹死个把小孩，每年都有年轻的妇女伏在更年轻的尸体上哭号。大水凹、坝上各有一个电排，万一炸坏了，以后大伙还吃不吃饭啊？所以不让炸。

每到夏天，河面各处皆有可能弹起这种又高又白的蘑菇云一样的水柱。任何大城市的什么"十大喷泉"，都跟它没法比。

河床被炸出很多大坑。隔三里一个的也有,隔三步一个的也有,当然也有深有浅。这就使我很怵,因为我那时还不会游水,还属于捡小鱼的行列。在高桥下,经常有人洗澡,在水里捉人,打水仗。水很深,全得浮在水上。而我就只能在矮桥边上,用中指触着地面,借着一种力,即初中物理上所说的浮力,前进,后退,转身,迂回,双脚打出巨大的水花,蛮像那么回事。偶尔把头埋到水里,再猛地拔出,闭紧眼睛嘴巴,甩头,像落水的黑狗或鸡子抖落水珠。我看着也高兴,但常常被百米之外高桥下的笑声和身影所吸引。

我以为我再也学不会游水了。

在高桥下,水很深,经常有人洗澡,捉人,从桥上跳下,我羡慕他们。但我不会游水。这使我更加羡慕那伙人。我身体里的特性使我羡慕尚未学会的一切本事。我不但不会游水,就是那些炸鱼炸出的坑我也很怕。我真羡慕那些会踩水,会游水,会躺在水上,会闷在水底下游的人。

终于有一次,我也到水底下去了一遭。那次我试着往水深处走了几步,试着双腿蹬水,想浮起来,就像梦里扇动手臂想飞起来一样。不同的是,梦里往往真的飞了,飞了很远还不见累,这次却沉下去了。

又好像不是我往水深处走,我哪里敢真的往深水处走?事实应该是那时我们几个小孩在捉一个大人,说好只在浅水处玩的,但他往深水处跑了。小孩中也有会游水的,就跟着他跑去,也有不会游水的,像我,也跟着跑去。不知不觉地我就跑到以前绝不敢去的水域了。我试着双腿蹬水,想浮起来,竟然浮起来了,还往前漂了漂。但是跟任何刚学游泳的人一样,我马上累了,我赶紧直立起来,想踩到地上,但是已经踩不到地上了。

后来我想那就是一个炸鱼留下的坑。沉下去的时候,我听到笑声、喊声和水被拍打的声音,都清楚极了。我已经在水下,然而我不知道。

没人注意到我不见了。

我既不惊慌,也不扑腾,也可能是真的没力气。在水下能听到那么多声音,我以前从来没想到过这些。一边这么奇怪着,一边想,等漂到矮桥边上,水浅了,我会浮上来的。

多年以后,我还是搞不清楚我为什么一点儿也不挣扎,我甚至能清晰地记得当时的思维毫不紊乱,我竟然想到:等水一浅,我就浮上来了。这在我以前的经验和想象里是不可思议的,在此后我接触到的现象中,在文学或艺术作品中,我都不曾发现意外落水的思维这么清晰的。除非是准备充足的自杀,在《马丁·伊登》里主人公最后沉海时也是清醒的。我努力想写出当时的清晰,但是年代久远,我只奇怪于我的清晰,记忆反而破碎了。

我肯定还喝了很多的水,因为在我站起来的时候,肚子胀圆了,我把很多的河水吐在了河面上。我还记得我一边喝水,一边想,为什么没有人来救我呢?为什么还没有人发现我不见了?算了,不要紧,漂到矮桥边,我自然就浮上来了。

大概在我露出头顶的时候,泳清发现有人溺水了。我在水下听得很清晰,这后来也让我觉得奇怪。我听到泳清说:"那是不是玉友?"我说:"我是力子,快来救我呀。"当然是在心里说。

于是我还没按计划漂到矮桥边上,就被泳清提了上来。于是我就站在河中央,往河面上吐了很多河水。

许多年以后,我还记得当时的感觉:河水裹着我缓缓流下,十分慢,十分久。但是理性告诉我,肯定也就那么一分钟左右,要是我不呛死也会闷死,不闷死也会胀死。只是我想了很多,思维活动无限延长了我的心理时间,清晰而镇静。

这是我第一次溺水。

我还是不会游水。下水摸蟹,扯丝草,捞虾子,打水仗,跳桥,我都不能,但是这些都拼命将我吸引,整个夏天,我比毛桃大不了多少的心脏里全装着这些东西。

一天在河边,"扁桶"在捞虾子。我蹲在河岸上热心地帮忙，捉泥鳅，捧虾子，抛丝草，给他提篓子，总之跑龙套跑到我那种程度的也算罕见了。"扁桶"嘴里叨叨地讲他在水里如何如何舒服，讲我不下去如何如何傻，他说："力子，下来！到水中间来！"

我说："不，我怕浸。"

"扁桶"笑了："你下来！我背着你！"

我说："不，你会把我放下来的。"

"扁桶"朝我伸出了长长的手臂，他向我深深地做出保证的神气，还瞪大双眼，唯恐我不相信："哪个放你是你的崽！"

我在他背上，他果然没有放下我。他在水里像鸭子一样游着，我嘻嘻哈哈地笑着，小脚还胡乱划水，催促着他："游啊，游啊。"

我忘记"扁桶"为什么讲话不算数，也不能说他讲话不算数，总之我受骗了。他没有把我甩下来，而是更紧地把我箍在他背上，然后猛地潜到水底下去了，好一阵才浮上来。和上一次不同的是，我惊慌失措，一切变得飞快，一切掉下深渊，我被"扁桶"抓住了，我无法顺水流动，我只能死在这里……还在水底我可能就哭了，到了水面，不停地咳嗽，那是呛的。"扁桶"哈哈哈哈地笑着，把我放到了岸上。我哭了好一阵，骂了他几句娘，就回家了。

现在我二十多岁了。我早已学会了游水，在游泳课上能得满分。游泳池里是绝对没有不可知的可怕的水域的。生长在北方的同学在水面上浮沉几天，喝几口水，也能游得像模像样，完全不必担心会掉到什么大坑里去，只不过水的味道比河水要逊色一点而已。就是偶尔和人玩耍时被人按到水底，或是突然抽筋，岸上高台子上太阳伞下马上就跑出人来把他救走了。

可是我呢，抢鱼还是没我的份。二〇〇一年夏天，就是为了抢鱼，我把一副眼镜打落在河里，差点就没捞上来。

两个少年

池塘里青蛙的鼓噪表明这是晴夏。家里有了喜事的人,无论嫁娶或上寿,都可能抢来电影师傅,在操场或宽阔的空地上放映两到三场电影。这是我们的好时光,可以看《闪电行动》,可以看《醉鬼张三》,可以看《精武门》,可以看新片子。无论是什么,都必然使整个村庄浮动在一种奇怪生动的声音里。

游手好闲的年轻人来得最早,其次是漂亮姑娘和没事干的小孩。附近的小商店都把可供看电影时消遣的零星东西用谷箩装着担到坪里。最多的不是瓜子,就是甘蔗。可能有的人以为会是花生,那是扯淡,因为花生谁家里都有,没人买来吃。

临近开场的时候,师傅把几百瓦的电灯打开,霎时整个坪上亮如白昼。灯光里跳动着无数焦急、期待、欢乐的眼神。人早就满了。路上还不断有人赶过来，提着矮凳、长凳或者椅子。也有的怕麻烦，或者只想来玩玩，就悠闲地空着手，用优越的眼光扫扫身边急匆匆的行人。远远地，无论谁都能看见有一块地方一片雪亮，让心急的以为电影马上就要开始，一边加快了脚步，一边一个劲地催促同伴："快点，走快点。"那后一个若是熟知电影放映的习惯，就反而走得更慢，故意表现出一种从容，并且用略带了点揶揄的口气说："急什么，又不是狗抢屎。"要把同伴气死。

  灯光无论亮多久，都不意味着"电影马上就要开始"。一切取决于放映员，也就是"电影师傅"。以前等公车也会遇到这种情况，但是现在有制度，走一趟用多长时间掐得很死，情况就大大改观了。只有到乡村去，乘坐货车改装的青蛙形状的"小四轮"和响得比拖拉机还厉害的三轮车，或者高级一点的只留七八个座位以空出地方来装人以尽量多拉客的小中巴，才由司机说了算。乘客在车上热啊冷啊挤啊臭啊被性骚扰啊，司机都管不了，司机只能管什么时候开车。什么时候乘客满了，车自然就开了，不然再嚷嚷也没用。

  乡村就是这样，"负责人"说了算，"主人"的话有点用但是用处不大。在放电影之前，电影师傅总是不停地对幕布。有时把光柱打到了天上,照得头顶的树叶反出白光,夜鸟扑扑扑惊飞,顺便拉下一泡白色的鸟屎。有时打到了红砖墙壁上,突如其来的光亮往往吓走了壁虎。人们的目光跟随那块四方光块晃动,电影师傅也故意把镜头晃来晃去,大部分人都哈哈大笑起来。相比而言,这种笑声是乱哄哄的,而听完领导"幽他一默"之后的笑声,是齐崭崭的。

混杂着这种笑声,坪上的骚动,吵吵闹闹,起伏的喧嚣,远远听去像是集市正旺的声音。

这种壮阔的波澜,当然是无数声响流动的集合。

卖零星东西的吆喝还算是平和的,因为他不用叫也能卖出去,叫反而耽误他算账。但是土狗对生人吠叫就有好处,只要不冲上去咬人,它至少增添了部分热闹气氛,而主人图的就是热闹。为了强调这种热闹(后来变成了风俗),本家人特意在空地上放了几千响炮仗,硝烟和碎纸屑漫天飞舞,吸引了诸多耳朵。碰上舍得的,放上几只烟花,则众人的眼睛也有福了。还有孩子找爸爸,爸爸找孩子,孩子喊妈妈,妈妈喊孩子……两个人为争抢一块摆凳的档,你骂我一句娘,我又骂你一句娘,你再骂我一句娘——终于推推搡搡动起手来,又有好多人跟着起哄。那时就不再是瀑布飞流波涛汹涌了,我们将置身地下摇滚演唱会现场,感受到那无与伦比的疯癫与热烈、愤怒与狂欢。打的人脸红脖子粗,鼓足了劲往前挣,上身虽然被人抱住了,脚还对着看不清的目标大致所在的方向拼命踢蹬,嘴里一连串威胁加辱骂的字句像变魔术一样喷涌出来,唾沫星子覆盖了方圆三米之内每一寸土地……不过只要不让任何一方抓到家伙——凳子或砖头或自己脚上的鞋,他们的拳脚想挣脱众人围抱,那是万万做不到的。而且,电影一开映,大家都转移了注意力,他们觉得再闹下去也没什么意思。所以,电影就好像开会时的领导一样,它一到来,场上就安静了,虽然吃瓜子的还是大有人在。

而我们这些小毛孩,除了一蹦一跳地看幕布上光块的移动,故意在幕布前面一站,留下一个人头、一个"丫"形手势,也喜欢兴奋莫名地往人群中钻,别人还以为是一条狗。等我们好不容易拱到机子边上去,那里的人已经多得密不透风。我们身小力气小,难以站稳,呼吸不畅,只好自行摧毁已经到手的地位,又钻了出来。

电影师傅还在对幕布。我们只好呼朋唤友,像一群老鼠一样绕来绕去。溜到黑地,用弹弓打别人屁股。学看过的电影里的人,啊啊啊叫着,手舞足蹈,得到一种满足的愉悦。

有时这种动作就不为娱乐自己,而为欺负别人。总是有外村单独来看电影的小孩——就算大一点也无妨,我们人多——

不凑巧站在外面。他伸长脖子看幕布又看不到,还傻呵呵笑个不停。我们就走到这个背时鬼后头,几个人影一齐罩过去,和《发条橙》里阿历克斯等人打流浪汉那一段一模一样。该背时鬼刚才还欢欢喜喜的南瓜脸马上吓成了丝瓜脸。"你个野种,我们去玩去?"我们就是这样邀请他的,话语轻松,不怀好意。那时小孩欺负人都这样说,我敢肯定不是从电影中学来的。至于后来港台黑帮片里头的老大那种酷毙了的满不在乎的对白和神气何以就和几个小毛孩那么神似,我不知道。

我们就在附近的田里把他打了一顿。打人并不是没有顾虑,很可能第二天他老爸就会找上门来,随后很可能某些人会被吊起来打,最走运的也免不了被呵斥、责骂、打屁股。打人也不是没有损失,至少当晚的电影落了或大或小一截。打人也不是没有后果,下次去别的地方看电影、看戏、吊毛,必须小心被当地人看到,否则新仇旧恨一起算。微风把远处那个挨打者的辱骂和威胁扬到耳边,他说:"你们以后小心一点,别让老子碰到。"

至今我没有"不小心"。当年黑地里四处捣乱的少年,接下来的几年里依然血气方刚,依然为朋友打架,为女人拼命,想方设法找乐子。我们慢慢长到壮健高大,烈性增加了,体内男性的冲动日渐强烈。有的在打工,有的在上大学,有的在偷窃……

我们中甚至有人有了小孩。按照惯例,我们都直呼小孩的名字,他则按辈分称呼我们每一个人。这群当年一起滚动的少年,彼此辱骂的少年,忽而竟然因为这个新人的诞生,有的做了爷爷,有的做了叔叔,有的依然只是一个可怜的兄长。

这改变我们身份的人,这唯一的新人,他和我们不同,和另外一些人则相同。他不像他爸爸,所以我们怀疑他不是他爸爸的儿子。我们怀疑别人早已经埋下了种子,再借这朋友的名义正当地降生。

但他究竟是谁的儿子,我们并不知道。通俗地说,这是个谜。他大而空洞的眼睛里似乎隐藏了无限的梦想,衰弱却永不疲倦,和我们吃了玩累了就睡的身体特征毫不相似。我们年少时,类于他的人多愁善感,眼睛里常常含着湿气,少和我们来往,我现在已经忘了他们的名字。看电影时,别人笑他们也笑,但是灿烂里明显地带了一点郁悒。却也往往是这类人,小侄子,往往是你的前辈,行事更为大胆奔放,上述热血男儿——包括你爸爸——把身心上的热力宣泄到拳脚和怒吼、幻想和玩笑上的时候,他们可能正和一个漂亮妹妹,在林子深处,在草垛背面,在牛栏顶上,在一切避人而温暖的所在，低声唱歌，暧昧地嬉戏，嘻嘻哈哈地笑，双手彼此摸索衣衫下温热的身体。两人的瞳仁为月光所照，发出深井一般暗波荡漾的光彩。

一个喜爱出走的朋友

我九岁时,住在曙光村。有一个叫玉田的老头子,一边大口吃着煨红薯,一边吸溜着嘴讲故事。天南地北,传说历史,家长里短,大多数是闲话,偶然也能引发听的人欢快的笑声或"打破砂锅问到底"的追问。有时是在夏夜,但更多的是冬天。因为夏天人们做完一天工,已经累坏了,往往头沾着点什么就能睡死。只有到了冬天,才能有这份闲工夫,讲那些闲事。所以,他在灶台边上吃红薯,这一印象已经刻在我脑子里。

说的故事有田螺姑娘、龙骨车、两兄弟、露水鬼,大部分中国儿童都听过。有时也说说我的高祖父、曾祖父,说说他们叱咤一时的行事,给我们一些我家很荣耀的错觉,但很少说他自己,也很少说他的晚辈。也许,这是远古的传统,除了狂狷之士,人们总是认为这些往事该由晚辈告诉更晚一辈,至于里面可能碰到的失真和臆断,他一般是不管的。

这样想来,他肯定在他儿子正当听故事的年龄告诉他许多故事。而后者也从这些千奇百怪但不外乎劝人行善教人爱智慧锻炼勇气养成义气的亦真亦幻的事情中得到对这光怪陆离的世界的些微认识,并像任何成长的小孩一样,倘不遇大的变故,从这故事看到的世界得到的印象认识便将终其一生而起作用,影响到他性格和行为的方方面面。

但有一次,他竟然说起他的儿子来了。我依稀能记起,那是在闹马山的花生地里。当时正是八月,暑气正盛,早稻已收割完毕,田里插好不久的新秧在小风中刚刚站稳身子。人身的疲劳尚未卸除——人身的疲劳似乎永没有卸除的时候。当时是在大太阳地里收花生。花生没收完,黄豆已熟。黄豆过后是红薯。贯穿这一过程的是擗烤烟、服侍晚稻、照料栏里长架子的猪、储备冬天的柴火。好像时时处处是丰收,可是疲乏的身体使人无法尝到所谓丰收的喜悦。就算到了今天,这片土地上卑微的人们,为了一张无底的嘴巴,一年之中依然没有一刻闲着,快乐就更不敢想象。

大人或许年年月月如此,小孩子毕竟骨头嫩,要和大人一样连轴滚下去,恐怕都成了畸形,出不了任何白脸长身的女子、英武爽朗的少年。好在人们千百年自然地在生活中形成了一种是休息也是娱乐且不必耽误手头正在干的活的游戏,就是讲故事。我们那边叫讲白话。在紧张忙碌的劳作中,手不能稍息,脚时时要用,唯有嘴空了出来,可以说任何话:耍笑,抒情,教化,嘲弄,责骂,牢骚,宣泄——所以文学起源于劳动,"那简直是一定的"——但我以为最好的还是讲白话。小时候爱听神话,听传说,听纯粹是故事的故事,让那颗小小的心在尚未装载许多东西时,便有机会飞翔遨游,把心的容量扩大到让自己吃惊,常常感到知道得太少因而不间歇发问,因而甚至要在梦里飞起,飞到无所在张望无所有的地步。待到对人事有所理解,却又并不透彻不灵醒,在按自己的想法行事总是遭到大人斥责为"不懂事"的八九岁光景,却偏爱看武侠书,听英雄义举、壮士勇行,并在某一晚上,梦见自己和众人打斗,最后众人皆败我独胜。醒来是惊是笑,我已经忘记了。

这一次,玉田竟然说起他儿子来了。一个叫红国的,生于一九五六年,名字带着那个时代特有的色彩,聪慧,行事过于大胆而显出一点疯癫。幼儿园时代,他已经显出捣乱的本领:往往先行一步将别人的饭钵端走吃掉,再去吃自己的饭,老师要将他的给那没有了的,他就拼命护住自己的小碗,嘴里大声嚷嚷:"这是我的,这是我的,你看这个钵子是我的。"确实是他的钵子。老师很生气,那受欺负的很生气,哭,但是没办法。这样一种狡猾的聪明,在人人缺粮的时代,只有父母才会对自己孩子的这种行为表示欣喜,别人倒都恨不得把他掐死完事。

但是红国并没有被掐死，在后面接踵而来的几次接近死亡的事故中，在他的屡次出走中，他也像最不需要看觑的野草一样存活下来。

开始他只是躲在房子附近，不愿意回家。那时他七岁。人们找了半天，喊了半天，声音也没有，影子也没有。等到人们在仓库楼上的枞毛须里找到他，他已经睡熟了。

第二次就离开了房子。也许是因为他觉得太近了总有被发现的时候。这一次，果然三天之后人们还是不见他的踪影。玉田说他那时已经放弃了，以为他死了。死了虽然有点可惜，但是也少惹许多祸，少操许多心。可是谁知道四妹子慌慌张张地跑了进来，眼珠翻白，上气不接下气地说她遇见了死人——鬼。大概那时，农村人认为人死了就变成鬼，鬼和死人其实是一回事，现在科学知识深入人心，大概没有这样"愚昧落后"的现象了，大家不必担心。玉田赶紧跟着四妹子跑到后龙山田埂边上，只见一个人栽在水田里，脸庞黄得像黄蜡渣渣一样，嘴唇也青了。玉田马上把他背回去，灌了一通姜汤，才醒来。玉田说，这是白捡了一条小命。玉田说，他是口干了，到田里去喝水，又饿得发晕嘛，"通"！就栽下去了。

我倒不认为他就是捡回一条小命，而是这小命总是有奇异的能量，保证这个奇异的灵魂能活到世上，并让我从这个朋友身上学到许多。

玉田又说:"我以为他这一次骇怕了,不敢跑了,没想到还越跑越凶狠哩。"玉田扯出一兜花生,扔到远处那一堆上,说完就笑了。棕皮蚱蜢从他脚下飞蹿到尚未倒伏的枝叶草丛里。过一会儿它们又将迁移飞蹿到新的枝叶草丛里……如此往复,直到深秋天寒。蚱蜢是如此,螳螂也是如此,蟋蟀也是如此。它们遇到各式各样的危险,关乎生命,便四处迁移飞蹿,虽然它们的生命本来也并不长。它们迁移,它们飞蹿,它们逃命。可是不知为什么,红国反而越跑越凶狠了。

那时他八岁,那次他跑离了家乡,一个人漫无目的地走。如果我不说他的年龄,你可能还以为我说的是一个冒险远征的战士或者诗人。不过诗人的远征只是偶尔涌现的念头,现代战士的生活也很安逸,他却实实在在地行走在完全陌生的土地上。小脸上也许带点忧伤,那反映他的心灵;也许带点菜色,那反映他的胃。他似乎走得很慢,但是肯定已经远离了亲人的眼睛。

他被陌生的奇异景色吸引,在路边摘了无数的刺莓和茶泡充饥,渴了自然是喝井水泉水溪水池水田水洼水;眼光追随林间长尾巴短尾巴的鸟雀跳跃;在长长的树下一直睡到日影长长,红日平西。半夜里醒来,听见虫叫,耳朵边风摇撼着树木茅柴,发出听惯了的响声。在夜里,一切模糊了轮廓,似乎并不那么新鲜;近旁有大鸟猛醒惊飞,叫声是梦里业已听过的,一切都不打紧。只是月光照出远处树的轮廓,鬼一样黑黢黢的,一动不动。只是有点冷,衣衫已经被露水打湿,抱紧不抱紧都有点冷。

太阳出来后,湿衣衫渐渐被晒干,也就暖和起来。初夏的中午,太阳很晒人。他眼前有一条河。太阳把影子放在河里。水很深。也许河里很凉快,但毕竟刚刚入夏,可能还很冷。河那边也许更加不同,但是怎么过河?刚刚入夏,水可能还很冷,河里也许有吃人鱼,也许有露水鬼。他从来没到过这里,而且他肚子饿了,恐怕没力气游过去。

远处走来两个人。他跟着他们走,至少饿了可以要点东西吃吧。也许他们还能带他过河,要紧紧地跟着。紧紧地跟了一阵,他听到他们小声说:"这个人是不是个癫子,怎么这样跟着我们?"他走上去跟他们说:"我不是癫子,我是曙光的。"

"曙光?那你说说曙光有什么。"他们还是以为他是癫子,而且可能认为他不是别的地方的癫子而是一个曙光的癫子。

"有个油榨。"他想还是说点有名的吧,万一他们对曙光不熟,说个东西他们不知道,肯定以为他是癫子,在说胡话。

"油榨前面呢?"

"是个合作社。"

……

他听到他们小声说:"这个人不是癫子。"

……

他们带他过了河。过了河就是石门。他没有想到河对岸他如此熟悉。竟就是他姥姥住的地方。他们挟着他大声喊叫:"谁家丢小孩了?谁家丢小孩了?"喊了一阵,就被早已得知他消失讯息的姥姥听到,遂提了盏煤油灯,把他接了回去。

玉田说,十九岁,他又以一个圆桶匠的身份,借口挣钱结婚,去闯荡江湖。三年里走过了广西、贵州的所有山,在异族的寨子里差点被锄头劈死。那时玉田已经不怕他饿死,在听他说过他一个人用斧头用计策摆脱几十个人的追杀后,也不再担心他被打死,横尸荒野。玉田认为,他开始可以一人做事一人当了。但是新的麻烦总是出人意料,让这个叫玉田的老人束手无策。比如他那些四海之内的兄弟朋友,纷至沓来,踏破了玉田烈木树做就的门槛,消化了玉田无数米饭。万般无奈之下,这个叫玉田的老人,给这个叫红国的青年上了一个套子,相了一个女人。

鸡毛鸭毛

他扑打着一片飞到他脸上的鸡毛,并且顺手把它扔到了风里。为了把这些白鸡毛当作白鸭毛卖掉,他已经好几次把鸡毛吹到了空中。他说:"不要就不要。人家明明是鸭毛,你怎么说是鸡毛呢?"

收鸭毛的笑道:"老板,我收了十多年鸭毛了,还从来没收过鸡毛,你倒来哄我。要是我连鸡毛鸭毛都分不清了,我还收条卵啊。哈哈,老板,到底有没有鸭毛喽?"

他说:"这就是鸭毛啊。你要收的话,就称一下。"他又拿起一片鸡毛,朝风里一吹,鸡毛打了几个转。"你看,鸡毛哪里会飞?""鸡毛还能飞上天呢。"收鸭毛的也不是省油的灯。可是他希望,这个人叫他过去除了让鸡毛飞给他看,还有点别的,比如卖给他鸭毛。

"你不收就算了。我这鸭毛自然有人来买。"

"你耍把戏呢。"收鸭毛的带点生气,带点遗憾,担起担子,一边一蛇皮袋羽毛,走了,一边走一边叫,"收鸭毛鹅毛——收鸭毛鹅毛啊——"这个声音消失了。追那人狂吠的狗也不叫了。刚才动人的一幕给村人心上的刺激还残留着一星半点的。妇人打趣那个把鸡毛吹成鸭毛的壮年男子说:"你们家里鸭毛都丢到水沟里啦。你和嫂子怕是在羽绒被里耍把戏吧……哈哈哈哈……""哪里哪里,我和你嫂子睡觉跟和你睡觉一样,都是用棉被的。"大家都笑了。

"嘿,肯定不用棉被嘛。鸭毛都丢到了水沟里,棉花用来垫牛栏还差不多。"

"妹子这样说话就要不得了。我把鸭毛扔到水沟里,是特意让你捡回去嘛。我们俩的事大家早都知道,怕它什么呢!"人堆爆发出更厉害的笑。那被捉弄的妇人红了脸庞,没力道地诅咒他回家被嫂子在床上养死。

这一条龙谷、一片流域,争坝水、斗嘴皮是没人可以与他比肩的。

他言语风趣,兼之慷慨豪爽,胆识俱佳,凡是邻里争端、夫妻不和、婆媳不睦,这一类事端都愿请他裁决。村委会以公正威严熄灭事端,他也是不负众望,以事理情意化解争端,往往使双方都笑逐颜开,极为满意,他来了却只喝一碗烧酒即可打发。

你是不是觉得这个人太完美了?每个人都爱他敬他服他亲近他……哪有这样的人?

他是一个酒鬼,每喝必醉,醉了就口出狂言,骂了玉帝骂土地,骂了皇帝骂老婆……以他的嘴皮子,一路骂来如滔滔江水连绵不绝,没一个句子是重复的,更何况是醉了酒,心境何其开阔,言辞何等汹涌。潘金莲指骂如意一千多字不雷同,他醉斥众生两个时辰句句新。有时竟然拿着菜刀,作势欲切面前瑟瑟发抖的母子。胡言乱语倒也罢了,骂骂咧咧还可以忍受,呕吐不止习惯了,可是这菜刀经年使用,寒光闪闪,锋利无比,一挨着脖子就得出血。女人无奈地低声哭:"罢、罢、罢,你吐你的吧,我不管了,我带了小的逃。"但是往往也并不逃,只躲避一阵,却还回来服侍他上床,给他宽衣,脱鞋,盖被子,用樟树叶置其鼻端醒酒。总之女人难受,他什么都不知道。突然明明醉死了又起生,要上厕所。扶他出去,才到门边,他就蹲下不动了。拉他,他骂你,抱他,一百多斤肉,哪抱得动?一连几次折腾到天亮。女人筋疲力尽,小孩也遭殃。东方将白的时候,她正把煤灰撒在粪便上,用铲子铲到门外。这时他却睡熟了。准确地说,是睡得像头死猪。他的被子掉到床下的时候,上午打瞌睡的小孩正在课堂上做梦……

那是我记忆里第一个不眠之夜。

妈妈常常在闲的时候，在点麦子去的路上，在烧草木灰的间歇，在堆草垛完了，在我烧火她切菜时，在她剁猪草我做作业的夜里，说："你以后别像你爸爸就好了。"

我在这时是默不作声的。你说我说什么好？我实在没什么好说的。难道我还说"好，我一定不做像他那样的人"吗？我那时对小孩成为大人的过程缺乏了解。有一段时间我一直在想：为什么小孩的名字那么像小孩，大人的名字又那么像大人，难道是到了多少岁就改一次名字不成？难道人会一直保持原样子不动？这个问题和我是从哪里来的同样地困扰着我。但是我一直没问。也许问了，忘了。

因此既然为什么我的名字一点都不像大人这个问题我都还没弄清，我怎么能知道我以后会成为什么样的一个人？我什么也不知道。我在实在弄不清楚的时候就认为我以后一定也会和现在一样，爱其所爱，恨其所恨。

这个"以后"很快就来了。我也在十九岁时离开家乡。有一天，我和女人做爱了。我发现，这个在小时候经常玩的游戏，这个在初中偷偷跑去录像厅看的场景，这个高中差点诱使一批少年犯罪的幻想，远远不是碰一下那么简单。

第五辑

我的睡眠中装满发春的梦境
装满不安静的、有奇妙光泽的身体

一只懒鸟的神庙

越来越多的人已经知道,我是一个懒人。我那一点狂热的精力、奇妙的神思,全靠在床上持久的缱绻。只要四季分明、地球转动,我就尽可能地待在床上。当我从酣睡中醒来时,阳光早到了,在朦胧之中我看它不真,回想昨夜的春梦——这种回想比美梦更有意思。

我所见到的黎明和别人所见到的不一样,它不安静,迅速,过得太快了。黎明,身边的人一个个匆忙梳洗,我知道他们为一些事在赶时间,但是谁也跑不过时间。我听见铁器的清响,听见凌乱的脚步声,还有鸟雀的巧啭、钟声的悠扬,而我慵懒舒适地躺成一个弓形,发出绵长的鼻息……

有人以"死猪"来形容我的晨睡。这是看到了形似的表象,但入了神离的魔障。死猪的混沌无知,固然是一种享受,但一天之中最美好的时光——早晨,浅睡不仅十分神怡气舒,它更引领我顺理成章地度过接下来矛盾激烈的一天。如果没有这一觉,我昨夜梦里得来的灵感会在我早起的慌乱中支离破碎,而有了这一觉,我可以细细梳理,慢慢品咂,让它在我头骨上发芽,参天茂密;如果没有这一睡,接下来的一天我无法招架那扑面而来的污浊,我无法抵抗阳光的热浪、黑夜的惨淡,而有了它,晨曦给了我光明的眼睛……在黑夜我满心期待卷被而卧的清早……

如果我对沉睡的渴望停止了,那代表死神正猛然将我的生命掐断。我一直在争取晚起的斗争中竭尽心力,并且往往屈居下风。十二岁以前,那不是人过的日子,首先是公鸡把我吵醒,接着老妈高声催促我离开我的神庙——去尘世的土地上劳作,与庄稼沉瀣一气,端掉杂草的地盘。中学时代,铃声猛烈。除我之外,一干人等像皮球一样猛地弹起,在惯性的强烈驱使下左冲右突,早晨像一个稀薄的瓷器,被撞个粉碎,我听到了叮叮咚咚大珠小珠的声音……等到塑料毛摩擦牙齿的声音窸窸窣窣地传来,我也跳了起来,不洗脸、不梳头、不刷牙、不挤粉刺,直接来到黑黢黢的操场。那时操场上几乎空无一人,我可以站在做操的地方,闭上眼睛,偷尝那一刻惺忪的快感……所以说,起得早不如起得巧,我高中三年,早操几乎从未迟到,为此，多次受到了班主任及很多班干部的表扬……

整个晚上，我的睡眠中装满发春的梦境，那不安静的、有奇妙光泽的身体，显示熟睡的世界多么和谐。有谁打扰了我的睡眠，我就不会饶他。但是也有例外，当我遇见我梦境中曾经出现过的那些不安静的、有奇妙光泽有玫瑰色脸颊的白色身体，她微笑着，我能不像风追逐叶子那样绕着她旋转吗？

这里我只说那一次，那个额头宽阔而高耸，下巴上有着蓝色血管的女孩，她有苍白的脸，却喜欢穿红色的上衣，我第一次看见她时她正在使劲想扯掉脚踝上的脚环。我说起她的时候总忍不住摇头晃脑地抒情。我们之间从未发生过什么，她无情地拒绝了邋遢的我，但是或许正是这个让我在很长一段时间内深陷在对她的想念中，流连忘返。人是需要一点贱的。我全身器官都不由自主地倾向于她，仿佛她身上有某种气息，引起它们快乐而惊异的轰动，就算她在十万八千里之外，它们也设法回到花果山，参拜齐天大圣，为他做一周清洁工，只希望他老人家传授一招"筋斗云"，好借此翻回到她的身边。终于有一次，我和她一起走在资江岸边拂动的和风里。走了很长一段路了，我的神思还惊恐地僵死在那里，不愿为我找出一句得体的话。我只记得惨白的月亮好像哀伤的头颅，整个黑夜蜷伏着如同赤裸的尸体。

后来她给了我台阶下，让我次日早上早操前二十分钟和她相见。这种怜悯式的许诺被我当真了,所以说我那时傻得很可以。那对于贪睡的我无疑是个考验,我还会损失若干黑白、彩色的梦。为了防止起不来,我特意借了一块表,把闹钟定在六点。躺了很久我才睡,因为兴奋嘛。我第一次在床上听到了马路转弯处的汽车噪声和制砖场机器嘶哑的叫喊,因为以前还没躺下就睡着了。要命的是,睡着睡着我又醒了,一屋鼾声,月光好像她的眼白,我一看表,天哪,六点了。我赶紧抹了脸披衣飞奔下楼,门卫大爷说:"这么早,出去干什么?"他睡眼惺忪。我说:"我去跑步。"

"现在才几点啊?"

"六点多了。"

他拿起表来看:"才三点二十嘛!"

"可是我的表六点了啊,你看。"

他看了。难道我的表慢了?他又拿起另一只表,一对,还是三点二十。

"我两只表都是三点二十,肯定是你的表快了,快去睡吧。"

我只好又爬回我的床上。但是我的脑袋里是白色和玫瑰色、笑容和嗓音的大杂烩,根本没睡着。那只表自从调到六点之后,就再也没动过,一直那么傻愣愣地指向关键的六点。五点多我又从迷糊中清醒。我总是觉得我迟到了。不好意思再叫醒可怜的瘦大爷,我就翻墙出去了。

……

我的记忆深处,除了乡下那些吐着舌头喘气的狗,还有她摇着辫子蹦跳着走过……

人睡觉的姿势非常奇怪,常见的就有仰卧、侧卧、俯卧,侧卧又可分为左侧卧和右侧卧,在这些笼统的睡姿之下又包藏着千姿百态的变化,有人喜欢双手交叉置于胸前,有人在突然惊醒时会用手背惊恐地遮住双眼……我对这一门学问知之甚少,但是我却体验过它无穷的美妙。它制造的完全放松的舒畅。在睡眠里发生的流动的梦境——就算是噩梦——我能感到深藏的生命渴望外出的冲动,在自己的睡梦里我毫不退缩,遇山开山,逢水搭桥,我的呼吸、嗅觉、视觉、听觉、触觉、语言、肢体、喜怒哀乐,以及作为一个人的全部光泽,都随着梦境的流动发挥功能,我做梦所以我表达自己……

尤其在一天之中最美好的时光——早晨,由于似睡非睡,睡眠浅,更容易做梦,所以我们不可一世地躺在床上。只有遇到或有可能创造那些严格美丽的事物的时候,我们才应该愤而起床,去空气中创造更适合晚睡晚起的空间。

很多人对我爱睡懒觉这一点表示愤怒,他们大部分是我爱的人和我亲近的人。可能世上确实有很多睡懒觉而不知睡懒觉之妙的人,但是对我而言,床是我的神庙。温暖的床,凉快的床，宽大的床，高高的床，黎明的床，子夜的床。只要四季分明、地球转动，我就尽可能地待在床上，我那一点狂热的精力、奇妙的神思，全靠在床上持久的缱绻。如果不能有一个个早晨的懒惰，我没有别的办法表明冲动的生命、悲惨世界的快乐、丑恶世界的美丽，因为我的整个属于它，我不在床上，就在通往床的时间里。

一九九三年的马蹄

北方的夏天和南方的酷热截然不同,但是无论身处何地,我对回家同样怀有莫名的恐惧,它像一阵雷阵雨,让我爽快的同时,带来了迅疾猛烈的冲击力量。

可能在我出生不久,河滩上还没有马匹嘶叫的时候,我们村接上了电灯,所以我记忆里没有摸黑的记录。后来竟然有两三户人家买来十四寸黑白电视机,好像是金星牌的。它们无情地占据了少年和儿童的大部分夜间时光。月光被随意抛弃在收割后的稻田里,清澈的眼睛里飘动的不是雪花而是一个个雪花一样的屏幕。在停电的晚上,我们也许会待在家里,一边听剁猪草的声音,一边做作业,一边想《封神榜》下一集的情节。偶尔会听到有趣的故事。有的纯粹有趣,有的教育着人,励志、尚俭、劝善、行侠仗义、惩恶锄奸,知识的力量是无穷的,让我以为世界有说不出的美好,就算暂时不那么美好的,也会被改造、剪除、扼杀，变得比美好更加美好。

一九九三年，上初中之后，为数不多的几则故事，变得跟我的家族密切相关。话题主要集中在如何做一匹千里马，勤奋刻苦，光宗耀祖。我是长孙，我不光宗耀祖，谁光宗耀祖？我爷爷总是说："你爸爸他们不能读书，是怪那个社会。你们现在可以读书了，就要攒劲，不要整天吊儿郎当的。"具体为什么社会不让我爸爸他们读书了，我一直不甚了了，我想，那时不照样有人考上了大学吗？社会还是让人上学的呀。

直到有一次，我爷爷像一头老黄牛一样用目光上上下下地抚摩着我青春期的身体，说："力子，你不知道，那时你爸爸读书成绩很好，但是别人不让他读书啊。那时读高中是靠推荐，公社都喊了广播，让你爸爸去，但是干部把你爸爸的名额给了干部的儿子，还对你爸爸说公社让他到茶场里去。"我听了没吭声。爷爷继续说："他们说的那些话，你不知道有多噎人。我还记得那时是走到现在的茅屋前，我砍柴回来，遇见他，他说：'要是你们家里以后能读到书，我就舔干净你的屁！'"我爷爷说这些话的意思是："现在暂时没人阻挡你读书，赶快读吧。人活着为了什么？就为了争一口气。"当然他的话还包含一些别的意思，但是当时，我相信他认为争气是一个很重要的目的。可惜我一点也不理解他的苦心。初中三年很快被我混了过去，我成绩平平，勉强考上高中。高一有了点起色，马上又跌落谷底。高三才考到我爷爷梦寐以求的第一名。那时，我回去，真的看到他眉宇间透露出一股喜气洋洋的英武之气，再说起那个古老的家仇事件，欢喜也更多地代替了愤恨。

在初中的后半时期和高中的前半时期，我的青春期在我不知道的情况下就发生了。不用说，我很烦。看到什么烦什么。我不愿意回家。有一次，一个老师迎面扑来，质问我："你为什么放假不回家？"我如果知道就好了，其实没有什么高深的答案，一切只是因为我处在万恶的青春期。

我变成一个怕回家的人，那是哪一天？我无法回忆起这一切。在我比青春更小的时候，家确实是一个不错的地方。八岁那年，我爸爸打工去了，我妈妈带着我和妹妹在家里。那年夏天冰棒卖五分钱一根，绿豆冰棒一毛，雪糕两毛。我唆使我妹妹嚷嚷要吃，没想到被老辣的老妈一眼识破，她撇开妹妹直接对准我高声呼喊："要吃冰棍，自己去担煤炭。"

好像我们小学时代学过一篇类似的课文，说的也是挑煤挣钱的事儿。一九八九年马路还没有修到深山的小煤矿，马还只能在遥远的河岸低头吃草，打着响亮的响鼻。把一百斤煤炭从煤炭山里挑到大路上，行程约三公里，可获银六毛。我那天一共应该得到一块四毛五分的报酬，但是当天只领到五毛钱工资，老板说财政有点紧张，这么大笔的资金周转不过来。

　　那几天我妹妹把我奉若神明，但是当时我收工的时候，就像在地狱的边缘欢天喜地地行走。我记得我那天挑得最重的一回也只有六十三斤，中途还把绳子弄断了一回。那是一截电线。我没有想到电线中看不中用。我于是跑到我奶奶家，拿了一根足够结实的尼龙绳子。那真的是一根结实的绳子，一直到天黑收工，它还没出现断裂的迹象，倒是我出现了。我手心里攥着黑乎乎的人民币，在我奶奶的温情里泅游。那天我太累了，尤其是我的肩膀红彤彤的，煞是好看。我很快栽倒在奶奶家床上。那时的风是凉快的，还是热的？我忘记了，它吹拂在我沾着湿发的前额上。天黑时奶奶试图叫醒我，让我回到我妈那里去。我真的被她弄醒了，但是我不想动，我哪一块肉、哪一根汗毛都不想动。于是我继续装睡。最后奶奶动用了屡试不爽的那一招：捏鼻子！捏了一阵，我再装就不像话了。但是我最终赖在了那里，奶奶给我脱鞋，洗脚，给我洗完了她把自己的脚也洗了。整个过程她都骂骂咧咧的，但在此刻我的回忆中它们好像天堂的光辉。我记得一九八九年在整个炎夏的梦里我依然有喜形于色的兴奋，手舞足蹈，意欲把自己的小收获马上告诉我奶奶，再告诉我妈妈。这比起后来我偶尔拿个什么奖却再也不愿意向家人透露半点风声一比，不能不让人怀疑我对那些一同享受过欢乐的人是否产生了无微不至的防备。

后来，我考上了大学，大家都眉开眼笑的。毕竟，在一个农民家庭里，出一个大学生不容易。而且，在这个农业人口遍布神州大地的国度，要逃脱历史赋予我的命运，不再渔樵耕，唯一的办法就是读书、考大学，等待鲤鱼跳龙门那终极的一跃。因此，我的地位明显地上升了。大家的希望和爱一旦在我身上得到实现，就继续加大他们的投资。我的家族亲戚们像我国所有农业人口那样对权力怀有崇拜、敬畏、渴望、反感等多种错综复杂的感情。我相信很多和我一样出身农家的大学生，他们同样被家族的责任所累。高行健说："我主张一种冷的文学。"我想说："我主张一种凉的关系。"大家都别太热乎。但是现在，显然已经不行了，显然是无法实现的夙愿，因为不但有一层浓于水的血缘关系黏糊了所有人，更有一种耀眼的金钱之光笼罩着大千世界。

好像考大学一直以来就不是我一个人的事情。虽然我爷爷、我爸爸、我的老师……一干人等都对我说，好好读书，别以为是为人家读的。读书是为自己，读了书放在肚子里，别人抢不走、偷不走……但是我知道，我读书是为了很多东西。比如为争一口气。甚至还有一个古怪的作用：打破我们家的人不能上考场的传说。

这个传说是这样的：我爷爷的爷爷也是一个读书人，和一个姓卿的、一个我不知道他姓什么的，三人结成兄弟，共读圣贤书，齐赴八股试。据说三人之中以我爷爷的爷爷蒲维新学问最高，文章写得最好，放到今天就是次次考试都能拿作文大奖，但是考场之上，心神慌乱，文无章法。结果三人之中只有卿氏中举，在我爷爷的口音里他的名字被念成卿本流，后来我知道他叫卿丙离，据说是那个倾覆王朝的最后一个举人。从此以后，方圆几十里，竟然都来传说我们家这个故事。说别看平时那鸟样，上了考场就喝了迷魂汤。后来这个神话被我堂姐首先打破，她成功地考取了一所本科大学。家人嫌不够，又赶我上阵，结果我不负众望，成功地考取了一个二流大学。但是他们还不满意，说，平时第一，考试也应该第一才对。这不能说对我后来的反抗心理一点影响也没有。

我读书不是我一个人的事，也不只是我们一家人的事情。作为一个农民子弟，学费哪是那么容易凑齐的？加之我又有点不把爸妈的血汗钱当回事，光靠我爸、我妈，根本解决不了什么问题。所以我搭上了我爷爷奶奶的晚年，搭上了我叔叔的壮年，还得到其他若干好心人的资助。大学第一年，开学我一共拿了八千块钱左右，那里面可不只是八家的钱。第二年也是。第三年可以自己负担生活费了，我开始感觉到轻松。就因为这钱的问题，爸爸的脾气变得很坏，竟然坏到扬言要杀人的地步。那是大一暑假。我天天在家里切猪草，在我奶奶回来之前做好饭菜。有时突然有点木然。不是感叹青春有愁，而是心里难受。

亲戚们的资助，让我在享受中承受着不能承受的道德之重。本来只是钱的问题，现在抽象到了道德的高度。那些无穷无尽的爱和希望，它们一遍遍地抚摸着我，使我浑身发痒，使我不得开心颜。这些本来可以带给我快感的东西，亲情，爱我却无法享受，只能无声地容纳。每年暑假，我都以"锻炼能力"为由远离我爱的亲人（我永远爱的），只身躲避在干涸的渭水之滨。当我生病，卧床不起，我怀念那些骂骂咧咧的瞬间，我渴望拖着病体倒在老床上。微凉的晚风吹过我滚烫的额头。湿毛巾。我的上衣解开。妈妈端来一小碗的白粥。

我相信很多农家孩子变为大学生之后，就由整个家族合作供养着。就像一个大工厂的无数股东，他们在设想着工厂的未来。他们给马钉上了铁蹄，套上了马鞍，下一步，就是骑上你高耸的脊背，驱赶着你在通往煤矿的山路上奔跑……如果要我吐露我的心声，比起接受无数人的资助，我更愿意贷款上学，更愿意支付利息，因为那只是经济上的利害关系，我背负它依然能够健步如飞，所有阻挠终将破碎。

下半夜

敬爱的尹丽川写道:"在清晨,城市的地面扫得十分干净。"比如离祖国心脏最远的小城喀什,恰似一滴秋夜寒枝上的露珠。这是为什么呢?

我不知道为什么。因为我没去过喀什。我去过的城市其实不少,但是不包括喀什。有人说我应该去那里走走,但是我也建议他去我下面要说的这个地方。这是个小县城。让我在爱恨交织中饱受煎熬,它地处穷乡僻壤,素以脏乱差臭闻名遐迩。它在资水边上,湘中偏西南,叫隆回,是新中国成立后新划出来的一个县,好事的人还硬要给它加上一个好像很遥远的传说,是这样的:隆回,寓名龙回。相传古时有一条苍龙携八条小龙自境内九龙山麓起程,往东海腾飞,中途回望,昔日盘地,云蒸霞蔚,灵秀钟聚,顿生恋故之情,于是折首回归,安营九龙。从此,润物造化,衍育众生。当我看到隆回网上说"诗般的神话,美丽的传说,给隆回增添无限风光和神采时",不由得笑出来。

就算在清晨,这个县的地面也还是很脏。有些东西,比如鱼的细鳞,牢牢黏附在水泥地面上,高粱穗子、竹叶枝子做的笤帚虽然凶狠,也对它无可奈何。还有烈日烤干的浓痰。更绝的是满街游荡无家可归的臭豆腐的味道,无孔不入,在新华书店崭新的书页的夹缝中你也可以找到它们细长的身影。

如果下一场雨,会有所不同。

就像一只麻雀。城市是各式各样的鸟,比如说昆明是孔雀,大同是乌鸦,北京是鸵鸟,长春是海东青,广州是钓鱼王,传说中的香格里拉是传说中的凤凰,无论外衣羽毛鲜艳或恶俗,多明亮或多黑,它的里面是一样的,是一样的黑咕隆咚,缠绕着花花肠子的不堪,蒸腾着腐尸烂草的恶臭。麻雀虽小,万臭俱全,无数的中国小城,除了麻雀,再也找不到别的好鸟来形容了,它们的数量,它们的形体,都堪称绝配,天造地设,除此你还能想到更好的比方吗?对此你还有什么奇怪的异议吗?就算是周庄,就算是凤凰,它们也是一只"鸟",只不过它们相对漂亮,一只是翠鸟,一只是画眉。

我为了这个有关城市和鸟的事情费了太多口舌,这些废话都是我后来想出来的。以前,我身处其中,当然想不到自己是在一只麻雀的肚子里混日子。我看到的是招牌、少女、冒黑烟的船,我看到的是河中央反射黄白色光线的沙砾堆,那是捞沙后堆积的卵石,我看到的是录像厅、录像厅的招牌、录像厅的海报、录像厅的观众、录像厅的老板、录像厅的录像。我去过的城市让我在爱恨交织中饱受煎熬,如果说这块地皮真的让我无法迅速忘却,并且忍不住大肆鼓吹,那是因为这块地皮上有一大批录像厅和我一块迅速成长。

有一个白天,由于所在中学放了例假——例行的月假,又恰逢国庆,多放两天,我揣着两百块钱,上了街。到处是卖便宜货邵东货的,连百里外虎形山瑶乡的同胞也来到集贸市场上。他们穿得花花绿绿的,在人群中特别抢眼。相比之下,我显得朴素而端庄。但我就像一个初出茅庐的小偷一样,眼睛四处乱窜。我看到很多我想看到的,比如漂亮的姑娘,但是还是有很多东西在我走神的时候迅速溜走。往往在我低头刚要思索的时候,又一家录像厅被我甩在了身后。

我是在思索我该如何走进这家惹火性感的录像厅。以什么样的表情,什么样的声调买票,用什么样的步伐走进大门。我还想到了看到亢奋处不得不去厕所手淫以泄胯下之火的时候,我该怎样大无畏地穿过卖票姐姐老辣的目光,她会注视我的背影吗?她会猜测我的动机吗?她也看毛片吗?

在神话、诗歌、美丽的传说一般的隆回,录像厅鳞次栉比,在所有商铺里,它招牌最亮,名头最响,老板最悠闲,姑娘小伙最爱去。我在《青年天堂》里写到的溜冰场是白天的洞天,而录像厅则是我们夜晚的福地。它便宜、刺激、混乱,而且性感,比酒吧便宜,比溜冰场刺激、混乱,比书店、电影院性感。

在这和饭馆数量相当的几十家录像厅里,最受欢迎的要数胖子录像厅。其实它本来不叫这个名,但是老板是个相扑般的猛男,胖子录像厅这个名字就在群众中一传十,十传百,使得我反而再也想不起它的真名。胖子录像厅里充满了正宗的黄色录像厅的气味,混合了汗臭、脚臭及若干种日常的霉味,构成一种我说不出的味道。但这是年轻人夜晚的福地,瑶乡姑娘喜欢到山脚的小镇去买东西,少年钟情于去胖子录像厅过夜生活。屏幕上有肉体,有五光十色的大中城市的生活,有伪劣的乡村及郊区的淫秽,还有特写的器官,姹紫嫣红,近镜头和远镜头一样美妙……

但是国庆节那天胖子欺骗了我们。在它破烂的门口,白塑料招牌上依然写着"一江春水床上流"之类的红色的大字,但室内却充斥着成龙、周润发、周星驰之流,连任达华都少见了,我所倾慕的三级明星都缺席了。我不曾恋爱过的少年的心在那一刻感受到了失落这种人类普遍的情感。

看到一半,我逃离了那个习惯的味道。当我期望什么东西出现而它偏偏不出现,而且它不但不出现,又不明确告诉你它不出现时,就变成和现在的新女性一样讨厌——她们惯知男人的心理,当你求欢时,不拒绝也不答应——让你在萤火般的希望中慢慢折磨成细长耷拉的一条。

因此,我要说,早在少年时代,我的耐心已经消磨殆尽。如果一个女人弄得一把眼泪一把鼻涕了还不肯宽衣分腿,我只能说,相见不如怀念,我们中国男人是有骨气的。我相信不只我如此,让我们变得急躁的东西像毛细血管布满了各种鸟类的脏腑,除了那些资质不高又拼命想考个二流大学以光宗耀祖的学子,绝大多数的少年都在生活的磨炼之中渐渐失去了慢吞吞的习惯。

在一九九七年的国庆节假期,街上飘着《我的一九九七》饱满又使劲的歌声,我一连换了三家录像厅,只为了看到一个或丑或美的女性身体。两年之后,一群彼此认识的少年,也就是我的同学们,在资江之滨同样感受到了我这种失落和急躁。那天我们在仙人掌录像厅盼望了一个通宵,但是可恨的是竟然整晚都没有放映任何猛料的片子,别说A片,就是三级片都比以往更加遮遮掩掩。我们那时太年轻,拉不下脸面来叫"老板,换片",但是我们可以走人。第二天一大早,我们都跑了出来,在新华书店门口吃了一碗粉,又急匆匆地奔向另外一家录像厅,也就是胖子录像厅。我说过,在群众中胖子录像厅颇有口碑,正是因为它敢于犯禁。

再说我的事。当我从录像厅走到巨大的天空底下的时候,太阳就像一个受伤的乳晕,正在缓缓滑下电影院的楼顶。我无话可说,我那时十分迟钝,除了手淫和学习,全身上下,一无是处。街道并不长,很快就走完了……我在顾左右而言他,因为有件事我一直说不出口,就是走了这么远的路,我的"小和尚"一直倔强地顶着我的黑色校裤。我不知道为什么,这种情况很久之前出现过一阵。那还是初二,我去照相时经过了一个录像厅,一阵风恰好吹过,掀起了帘子,于是我就看到了两具肉体。我硬是在门口看了一分钟左右才继续上楼照相,我想我是愣住了,我想那就叫愣在原地。那一分钟的后果,是使我差不多硬了一个星期。一想起来就坚硬如铁,少年也许都是那么敏感。从那以后,我就忍不住想去一个叫录像厅的地方。每次去之前,我都把校服换下。裤子就不必了,因为是黑色的,也没有校方标记。但是在接下来的几天里我总是变得很惨,人们只要看到躁动的我,就能看到我羞赧的面容。我后来想了一个办法,就是在走路的时候双掌交叉自然地放在裆前,这是下下策,但除此以外,别无他法。这样走路的样子使我看上去像一个驼背的老头,但其实我是一个正在发育的少年,裤裆里夹着坚硬的生殖器。

就算如此,就算我实行这怪异的举措,还是只能解决一部分问题。在做操的时候,我的手必须做出规定的动作,因此我必然暴露我那里。有一次,在等候课间操的时刻,一个叫阳建忠的同学猛地拉开了我的双手,他看到了什么我已经不方便说了,但是我可以坦白那时我第一次领会到文学作品里说的"恨不得找个地缝钻进去"那种心情。后来,又一次上街,M和H还有我,三个人怀着各自的目的,当然M也很黄,但是那天我们没有说什么黄东西,我们倒是谈电影来着。轮到我说时,我说要是看了一部好的电影,有时候我会一个星期都想着里面的事。其实那时我很少看电影,我说那话时心里想的全是黄片。

这个谎言我一直记在心里。当然还有很多别的东西我也记得很清楚,毕竟我不像资本家那样,从一来到这个世界上,就从头到脚都滴着肮脏的东西。

一九九七年国庆节那天,我在街上走了很多遍,其间我吃了两碗粉,中午我吃的是加豆腐的,晚上我吃的是加排骨的。等我吃饱的时候,我愈加不知道往哪里去了。于是我独自坐在电影院门口,街边的栏杆上,看着来来往往的行人。因为过节,人特别多,有很多漂亮的女人,尤其在灯光和夜色的双重笼罩之下,美女格外如云。影院门口同时停放着一大批板车,有一些差不多和我一样邋遢的人也坐在那里,也看女人。他们其实是一边看女人一边等有人拉货,一有人叫拉货他们马上就不看女人了。而我不同。我看了很久,很久,很久,一直到我打算活动一下吊麻的双腿为止,就算我在活动双腿的时候,我依然看着她们从我身边说笑着走过。我当然一言不发,因为我不认识她们,而且我十分害羞,而且我心里隐藏着不好的想法:我想把她们中最漂亮的干掉。

在离电影院大约一百米的地方,有一个娱乐城,叫什么名字我突然想不起来了。那天在它楼下的人行道上有一堆人围着一台电视机,电视机里面传出非常难听的歌声。我同样在那里停留了一会儿。有一阵我想,这娱乐城请来的歌手怎么这么差,还不如让我来唱呢。我就这么异想天开地想着,甚至还被驱使着走到娱乐城门口探头探脑。我想着我走进娱乐城,对那里的老板说:"让我来给你们唱歌吧。"我就这么想着,想了很多遍。但是我最终没有走进去。我怕要收门票,怕我的钱不够买门票。后来我才知道,其实那歌声不是娱乐城里传出来的,那是街上那伙人在唱一种叫"卡拉OK"的东西。我现在说起来,还为自己的孤陋寡闻感到羞愧,就像我曾经为自己对男女之事知道和想象得过多而羞愧一样。

到了晚上十一点多,我觉得有点困了。但是这一天,我有很多计划中的心愿还没有实现,比如身体,比如唱歌。我又晃进了电影院。那是我第一次进电影院,我拿着票找了好久才看到票上的位置,但是那里已经被一个细长的男人占据了。我十分害羞,不敢跟他说请他换个位置之类的话,所以我假装没找到座位的样子,在电影院里足足晃了一圈,后来又去了厕所。等我积攒了差不多的勇气,我就对细长男人提出了我的要求,我说:"对不起,先生,这是我的座位。"我还是用普通话说的。没想到那个男人说:"这是随便坐的。"我又一次被我的孤陋寡闻搞得面红耳赤,不过灯光昏暗,无人察觉。为了挽回一点面子似的,我说:"我要坐我的位子嘛。"这次用的是方言。那个男人也重复了他的话。我还是没办法,因为我的勇气已经用完了……

电影开场了。你不知道我有多倒霉:那是一个我白天在录像厅看过两遍的港片……但是我还是把它看完了。我必须把它看完了,我必须把它看完,我只能看完,难道我还不看完吗?我主要还不是因为怕白花了钞票,我只是无处可去,没地方可以去,我只能坐着看完它。但是等我看完它,我又只能随着人群走出大门。虽然我是最后一个走的,但是我还是只能随着人群走出大门。电影院可不管你有没有地方去,它不会让我在里面睡觉。

我又看见了板车。女人差不多都回家了,我只能看见板车。拉板车的人都在各自的车上睡了,睡着等人叫拉货。我想,我能不能也在车上睡一睡?我现在想,要是我当时就那样走过去躺下,说不定不会遇到呵斥和拒绝,他们也许会把我当作一个流浪的少年吧。就算他们真的骂我,也没什么不好,相比稍后发生的事情,我觉得只要能在那街边的板车上留宿,我不会在意他们怎么骂我。可是当时我不好意思,我没有勇气躺下去。我相信我躺下去马上就能睡着,可是我只是坐在一副板车的边沿上,小心翼翼地打了几个大大的哈欠。远处的"卡拉OK"那时还有人在唱,但是很明显,人已经走得差不多了。

我不能在街头睡觉,我要回学校去。我很奇怪我为什么会这样想,可我就是要回学校去。学校离县城有十里路,坐一种叫"慢慢游"的车大概二十分钟就到了。不远处停着一长溜这种车,我走过去的时候,他们差不多都在睡觉。我犹豫了一下还是叫醒了一个人。他问到哪里。我说:"到二中多少钱?"他说五块。我就走了。他在后面喊:"你说多少?"我好像很气愤的样子,说不要了不要了。其实我知道我是怕羞,我不好意思讲价。如果我有五块钱,我当时就坐车一溜烟回去了,但问题就在这里:我有五块钱吗?没有。我只有两块。

又逛了一遍大街,我用那两块钱买了一瓶啤酒,邵阳酒厂出的,叫"绞股蓝"。一边喝一边往资江大桥那边走去。我的打算是到河边的草坪上睡一觉算了。初一的时候,出于好奇,我曾经买过一瓶绞股蓝喝。如你所想,这个名字很怪,但是味道更怪,从那以后我就对啤酒产生了抗拒。那夜我又一次见识了啤酒的难以下咽。我打算这次一定要喝完。然而我还是失算了,我真的无法喝完它。最后,我把它放在从资江大桥通往河岸的第一级台阶上,独自走上白天看来十分青翠的草坪。

我又失算了,我不能在草坪上睡觉,因为那上面落满露水。河岸上的露水真的很多,很凉,我无法在街道上睡觉,我更无法在露水里睡觉。

最后我是走回去的。我当然走过更多比这长得多的夜路,但是只有这一次我是往一个我最不情愿的方向前进。我一言不发,听着脚步声、刹车声和很多别的格外清晰的声音,默默地害怕。我当然有一点怕,我心里想着以前看过的"黄色电影",时间过得飞快,我几乎感觉不到它的飞驰。

我爬过了学校的大门。走过操场,茂密的青草是冰凉的。我来到商店门口的水龙头底下,用力吸,锈味让我直吐口水,可是一滴水也没有流出来。以前我每次晚归,一吸水龙头,它都会泻下一股大水,把我灰黑的脚板冲净。我试着将脚伸进水龙头旁边的水池,在白天我曾多次看到老师们的老婆在里面担水淋菜。我每只脚都在里面搅动了一番。等我提上来的时候,好像有一股臭味,我凑近双脚闻了一下,果然有一股臭味。我于是折回操场,双脚在沾满露水的草皮上摩擦,裤腿挽在膝盖上面,想把臭味去除……

我爬过了宿舍院子的大门。在这院子里,我撒了一泡尿,边走边撒。那时我的小鸟软乎乎的,像柔软的猫,我想我是太困了,它也在打盹。

但是我爬不进宿舍了,我忘了带钥匙。放月假,其他人都回家了,可我偏偏忘了带钥匙。要是我可以回家,其实我也不会待在学校。然而我不可以回。我老爸老妈都不在家,他们远在广州打工。我总不能放一天月假就跑到广州去。

最后我爬上顶楼,那里月光真的像别人所形容的,好像潮水,在流动。我用嘴巴用力吹了一通,估计没什么灰尘了,就舒舒服服地躺了下来。

大概三点多,竟然下起了小雨。

三百块和一寸黑白免冠照片

一口气看了九个小时的屏幕,我的神经多少有些错乱。前一天气象员说那天要下雨,还真的下了。但是学校喷水池依然高高地喷射着白色的水柱。雨点落在池面上,涟漪是没有的,声音也没有。我坐在池沿,看见水下游着二寸见长、背是青色的、尾鳍透明的鱼。如果雨下得再大点,我肯定看不见它们。同样我也将点不着烟。我不知道我为什么走到喷水池的时候想起了女人,并且顺便坐在湿漉漉的池沿上,点上一根"猴王"烟,用力地想起来。这不能说和下雨一点关系都没有。

从网吧里出来,身上必然有网吧的气味,我必须经过天桥。在这天桥上,这栏杆上,以及 IC 卡电话机上,贴着一种小小纸片,上面写着:"高薪诚聘男女公关,专兼职皆可,月薪两万元以上。"五彩缤纷,琳琅满目,你一定也见过一些。

但校园里却不常见。围墙内绿树夹道,路面干净,书声琅琅,姑娘成群,贴纸片的工作人员不忍玷污这一方净土。我们不得不来到喇叭声声车马喧的太白北路。在天桥上我们装作观看川流不息的车队,在IC卡电话机上装作对方电话暂时无法接通一拨再拨。我们能看到彼此当时的表情,但是我表达能力不足,说不出来。我们一方面要掩饰要做的事,一方面要做在掩饰的事。两人各自默记下几组电话号码,一到僻静无人之处,就掏出纸片,写上。

次日我们坐三十分钟公交车来到小寨。这主要是出于不必要的担心,怕在自己学校附近通话被猜出是该校学生。在公交车上我们虚拟了一下自己的身份:一对外地来此打工的大学生,落魄,走投无路,无钱无粮,无以度日。

几个电话都打了。接电话的人,有男士也有小姐。我记忆犹新的是一个极富特色的公鸭嗓子,他劝告电话这边的我:"知道做什么吗?是做舞男。考虑清楚再打这个号码啦。"另一位深沉的大姐显得更为直接:"你到南门城堡酒楼来面试吧。"我们直奔南门而去。我和同伴可以说均抱有不一般的自信,在车上我们就开始为即将到来的一两万月薪暗自欣喜。

我说:"千万不要把现金都装在钱包里。钱太多了,背在身上太沉了,要办一张信用卡,现在都没人拿现金了……"

同伴点头称是。在城堡酒楼前方的街道上,我们一眼就看到了三个蓝乎乎的 IC 卡电话机。我卡上还有四毛钱,同伴卡上还有五毛钱,加起来还有九毛,还可以打四次电话。于是由同伴用最简练的话语跟深沉的大姐说明了来意。我在一边靠着,我后来发现我的腿还一晃一晃的。同伴挂了话筒告诉我说:"那女的让我们在这站着,他们派人来面试。让五分钟后再给她打过去。"

不知道我的晃腿是否影响了我的形象。我的脸上浮现出自信而又坚毅的神情。离我一米处,就是我的同伴。而离我三米开外,是另一架电话机,它的身上靠着一个老头,他年过半百,风尘仆仆,头发乱糟糟的。他看上去像一截烂木头,快要发臭,马上要长黑木耳似的。相比之下我们显得新鲜、强壮、性感、明媚、富有潜力。但这个穿牛仔裤的大爷脸上的神情和我同伴如出一辙。莫非他要和我们抢饭碗吗?我和同伴相视一笑,不由得把笑声提高,把揶揄的目光给了不自量力的人。

大部分时间我们站得笔直,眼珠则滴溜溜地暗暗观察四周,希望发现一对或一对以上的眼睛正在偷偷地打量我们。但结果那么令人遗憾。也许在酒店临街的某个房间里,窗户前,窗帘边,一架望远镜正在默默工作吧,从上到下,一寸不落——我们自我安慰。

南门实在太吵，在喧闹声中同伴大声地向我传达雇方的意见，他说现在我们需要准备三百块钱，用于购买工作服、安全用品（对，他们说是安全用品，而不是说安全套），以及作为证件工本费。我们还需要准备两张一寸黑白免冠照片，有全身生活照更好，如果我们同意，现在他们就开车来接我们。

我突然有点激动与不安，好像我们就要入虎穴，得虎子。同时我看到在我们的俊容和阳光的双重映照之下，老牛仔脸上露出喜忧参半的神情，仿佛他也将要入虎穴，得虎子。

可那三百块是我们仨心中永远的痛。

"会不会骗我们呢？"当同伴提出这个猜想的时候，整个下午我们都在紧锣密鼓地讨论它，试图验证它或推翻它。我们走在东大街上，阳光如同洪水涨满了街道。无处不在的风带来灰尘和饭香……途经重庆"丰光馋嘴鸭"连锁店第168分店的时候，我笑着提议买一只小鸭子尝尝，同伴说怎么能残忍地吃掉自己的同类呢？他说得很有道理，我们怎么能吃自己的同类呢？于是我们远远地走开，一直走到了骡马市的十字路口。

那里有树和灰尘，街边还有石刻的护栏，雕龙画凤，应该花了不少钱。很明显我们要坐就只能坐在护栏上。来往的车辆异常壮观，而穿梭其中横穿马路的男士女士青少年更显得英勇无畏。我让目光在他们身上,在一个与另一个之间,腾挪,跳跃。我觉得我没有他们那样的勇气,就算我现在有三百块钱,就算我知道小老虎就在窝里睡觉,就算确实有无数的妇女同志在那家色情服务组织里预订了新鲜鸭子,她们确实迫不及待地需要一个雄性硬物去碰她蹭她满足她虐待她安慰她……我也不一定敢搭上某辆不知来自何方的汽车。我怕死,同时又好逸恶劳……

对于这辆汽车,我真是又爱又怕。它会不会来?它会从哪个方向来?它要把我们带到哪里去?其实,明眼人一看就知道,如果我给了第一个问题以否定的回答,后面两个问题就将不费吹灰之力,迎刃而解。

但是当时我心存侥幸,我一再假定那辆车是一件具体的事物,我甚至差点触摸到了它的轮廓,它奔跑之后散发的热量就在我们身边蒸腾……我对同伴说,如果我们有六百块钱就好了,至少可以试试嘛。我怀的是赌徒的心理,同伴却有实干家的谨慎,他认为这肯定是骗人的,他还做了一番缜密的推理,列出了若干理由。

我们都渴望金钱,又怕误入虎穴,身陷火坑。

"再打一次电话吧,看能不能先上班再给钱。"同伴又打了一次电话。深沉的大姐说:"给你们优惠吧,四百。"她的声音已经不耐烦了。

"这肯定是骗人的。"我们在回来的路上,最终达成了共识。我们决定做一回好公民,去报警,以弥补受骗带来的挫败感。如果你当时和我们做着同样的事情,你就会和我们有同样忍俊不禁的反应。商量一番后我们认为打110比较合适。以下就是此次通话的全部记录了:

"喂——是110吗?我是一位普通市民。"

"您有什么事?"

"我发现我们西安的街上,到处都贴着招聘保安、公关的广告,其实那是骗人的。"

"人家招保安就招保安嘛,怎么会是骗人的?"

"真的,那都是骗人的。他们说招保安,其实是搞色情活动。我觉得你们应该管管这事儿。"

"是不是你被骗了啊?"

"什么?"

"是不是你被骗了啊?"

同伴满脸笑容地扔掉话筒。我很奇怪地问他为什么笑,他把通话的内容给我复述了一遍。

很显然,就是这句话使同伴挂断了电话,也让我们一路欢笑着走向车站,挤进了402路公交车。

一年之后，二〇〇三年，我得到确定的消息说，那辆汽车永远不会再出现。本地有一家很好的报纸，有一个很有趣的记者亲自重复了一年前我们的经历，并且由于他拥有我们不曾拥有的三百块钱，有幸获得了另外一些鲜为人知的消息，如甘心受骗的贱人被统称为"猪"，永远没有人来给"猪"面试，等等。

他们去抢劫

二〇〇二年,或者二〇〇一年,他们打算去抢劫。以下我将忠实记录这一过程,供后来者参考。

他们是青年。他们的经验:初中化学书上说,乙醚是医学上的麻醉剂,只要闻一下立马就倒。在三级片里,也有性变态在毛巾上倒一种液体用来迷奸女性的情节,这种液体估计就是乙醚。在东大街,有一段门面专门卖化学制剂。乙醚不像L和W想象的那么贵,只花了三块钱还是三块五毛钱?记不清了。用一个棕色的玻璃瓶子装着,卖主又给套了个黑色塑料袋子。要避光!老板说,要防止阳光直射,不要受热,这个很容易爆炸。在公交车上,阳光穿过玻璃,照着L和W若有所思的脸,照着黑色的塑料袋,但是没有爆炸,照着浮尘。

在《现代汉语大词典》上,L确定乙醚是麻醉剂,而且是目前效果最好毒副作用最小的一种,又到网上查了查,但是没有更多有价值的东西。两个人坐在图书馆广场一棵硕大的冷杉树底下,从下午到黄昏——商量如何检验乙醚的效果。

首先是W用做化学实验闻气体气味的办法,揭开瓶盖,用手掌轻轻扇了两下,说不上是什么味道。"我有点晕了。"W说。

L听他这样说,有点犹豫,但是还是鼓起勇气闻了一下。"怎么样?"W问他。"没感觉。"L说,"是你的心理作用吧。""那再闻一下。"……

话声很低,被路上来来往往的声音盖住了。但是两个人偶尔发出的一声笑,不泄密,就超越众声而上,传得很远。

满天星光,满地月光。笑声突然响起,突然停止。

他们谈到用兔子试,用狗试,用农家大院的猪试,并为找到这些实验品商量了一系列方案。此时是晚上十点半。

图书馆的下班铃声尖利地撕裂空气,使人耳朵根发酸。辛勤学习的莘莘学子也背着大小各异的书包,从教室走向宿舍。大路上人声鼎沸。W在图书馆外面的杂物堆里找到了一个地方,把乙醚藏在那里,并用一片宽大的梧桐树叶遮住。

乙醚买回来之后,就是怎样试验效果,怎样利用它抢劫。两个人在床上翻来覆去睡不着,想着第二天就可以用这瓶化学药品完成一次重大的行动。

但是第二天,乙醚被人拿走了。

那瓶被梧桐树叶盖住的化学药品被人拿走了。是清洁工或者别的人,总之,一觉醒来,它不见了。

如果附近再有用乙醚抢劫的,那就不是W和L了。费尽千辛万苦,以为能干点需要动点脑筋、激动人心的,可以改善生活的事,但是,竟然还没开始就以失败告终了。

再也提不起心思去买乙醚,何况店主也把他们俩记住了。那天晚上,在被历代汉字形容为皎洁的月光底下走了一夜,假扮警察吓跑了角落里亲嘴的情侣,用拳头把公交站的广告箱弄破,一天的精力终于发泄完毕。

到早上,有人问,其实也是想用开玩笑的方式证实:"你们一晚上没回来啊,是不是卖去了?哈哈。"这个问法确实有点心理阴暗,可是不阴暗,难道还明亮吗?

西安、流行病和青年

西安正是春末,气温却像夏天,今天已经是28℃。祖先们测量二十四节气的地方,关中平原,四季已不再分明。夏天和冬天很长,春秋两季好像人类的尾巴,进化得快没有了。

四季如此,昼夜也如此。白天灰惨惨,不见蓝天,不见白云;晚上乌蒙蒙,没有明月,没有朗星。

可是西安又是如此的"文化底蕴深厚",中华文明就是在这里发轫的。这令我兴高采烈,随后就打了如下比方:一片汪洋大海中,一叶乌篷船随波颠簸。船行在文化的大海里,人们生活在船篷之下。船篷阴暗,海水凶猛。登船观海者,络绎不绝,溺水者众。

游客们,你感觉如何?游客们,和气温一样气焰嚣张的还有一种流行病。它正从昔日蛮夷荒僻之地,汹涌前来。它日行一千多里,夜走八百多里,过关斩将,侵我中原了。

十八世纪的鼠疫使大不列颠帝国人口死掉一半。这个故事比较久远。亚洲大陆,一个叫伊拉克的国家刚刚结束一场战争。这个也过去了。反正对不起,我们现在不谈论你们,我们要谈论新的。我们不喝李白"斗酒诗百篇"时喝的那个稠酒了,不去华清池这种公共场所玩了,我们要喝板蓝根,熏白醋;我们不爱和陌生女人说话了,不到酒吧搞一夜情了,我们现在爱打开窗子,坐在排队买回来的面粉和食盐上面,眼对眼,互相痛苦和忧愁,兴奋和发热;我们不听秦腔、Pink Floyd 乐队的音乐了,我们现在爱听广播,听"非典疫情最新报告",准备打一场"伟大的非典抗击战";我们现在在没什么美丑之分了,我们戴上洁白的口罩,嘴大嘴小一个样,谁比谁美多少啊?

好久没有这样一场群众运动了。狂热地谈论,尽情地不屑,青年们突然有了一个热血沸腾视死如归的机会。文学青年,音乐青年,运动青年,大众青年……大部分青年数夜之间,形成了各自对非典的最新看法,并且由于近几年学者和媒体人士倡导陈寅恪先生"独立之精神,自由之思想"主张的影响,他们差不多都把自己的看法坚持了下来。比如对于戴口罩一事,青年们的见解是很独到的。青年们说,哪有那么容易死?太胆小了吧。见青年们这样说,就有人写文章反对:"第一我戴不戴是我的选择,我胆小胆大更是我的个人权利了;第二我戴是为了自己不要阳寿未尽就挂了,也是防止人别跟我一起上路。"这一番话就让"敬畏生命"的青年们哑口无言。看到群众中间的讨论这么热烈,有一份报纸干脆搞了个大快人心的"非典征文"活动,把几种意见都收集起来以供观瞻,同时也生产一些非常时期非常爱恋的故事,有一些还把我感动了。

就是因为这种感动,为了表现我的爱,我给女友买了一个口罩,十六层,四块钱。听说层数并不是太保险,可是我也不能再去换了,因为她根本就不好意思戴,还说羞死人了。我为了表现我的爱,就逼她,结果不明不白被她抢白了一顿:"你自己怎么不戴?要戴你戴。"这样看来,病毒远远不是羞耻感的对手,古代有"饿死事小,失节事大"的传说,当代有"非典事小,口罩事大"的故事,古今是相通的。同样,关心和爱就更不是羞耻感的对手,两个很相爱的人不好意思在公众场合亲热,就说明了这个道理。

我说到哪里了?其实生活还是没变的。其实混乱离我们还很遥远,很遥远,很遥远。树木照旧使劲葱茏,新草暗暗从地底抽芽。西安的草也绿了。河南的草也绿了,河北的草也绿了。春天的风一直从江南绿到了玉门关。我们日常生活中的好朋友,SARS,它拉住春天之裙裾,来到了我们身边。欣欣然,它张开了眼,扑到它的至爱人类的怀里。现在,就我身边而言,杨絮与SARS齐飞,口罩共长天一色。

其实生活还是没变的。其实混乱离我们还远着哪。封校早已有之,不是变化,我的高中三年就在"全封闭半军事化管理模式"下快乐地度过,现在还没到"军事化"的高度吧。慎出门,勤洗手,勤换衣,大开门窗,不要跟陌生人亲嘴,跟熟人也能免就免,注意戴一次性手套抚摩,学大不列颠人相距一米交谈,宝贝别害羞,戴上口罩,消毒,消毒,消毒。这些都很正常,其实混乱离我们还很遥远,很遥远,很遥远。

《南方周末》之《我们用什么战胜非典》专题报道的题头照是经典之作。洁白的口罩,飞扬的黑发,运动中纤细修长的双腿,似因奔跑而稍微前倾且侧面形状美好的身子,好像真的有洪水猛兽在追赶她,又好像前面存在美丽约会令她奔赴。她仿佛布满了绝望,却又似乎正触摸希望。她莫不是在实验一场行为艺术?她必令万千群众瞩目,使《南方周末》摄影记者眼放异光。

笑谈笑谈。幻想幻想。哈哈哈哈。其实生活还是没变的,白天依旧灰惨惨,夜里仍然乌蒙蒙,祖国一直绿如春树,我依然不放弃抽烟,依然爱我的女人。为了表现我的爱,我让女友乖乖待在宿舍,告诉她,要是她跑出来,那就太不乖了。这一举措部分扼杀了她的购物欲，但是隐藏着巨大的闹分裂的危险。两害相衡，取其轻者。而我？区区在下戴着防毒口罩，和另外几个防毒口罩一起，在一台老式电视机前围成一大一小两个半圆，看一种洋人叫 Blue film，咱们祖国叫黄色电影的东西。更兼谈论鼠疫，路有冻死骨，刚刚结束可能尸体还在清理之中的伊拉克战争。由于场景是如此充满时代感，以至于几个青年同时在西安西南角提议：找个高手来，最好是杜可风，拍摄白口罩，以及黄片子。务必全景，立此存照。

那么是以明代城墙还是医院床单做背景呢？不好，走廊里传来一声高呼，老师来查体温了，赶紧关掉电视机，藏好DVD。对不起，拜。

打口古都

到上海看五十年,到北京看五百年,到西安看五千年。
——题记

到达渭水之滨,关中八百里沃野,美丽的西安,算起来已经有三年了。真是"匆匆"。

第一年,你记录下下车伊始即在火车站广场雕龙画凤的栏杆边上被骗掉三十九块人民币的经历。第二年,大红灯笼遍挂的南门口砸公交车牌的混混的歌声,城堡大酒店前应聘舞男的青年脸上广阔的忧愁给你留下深刻印象。还有"卖小孩,联系电话13××××××××"的广告,在哪里发现,何时出现何时消失,是否属实,是否查处,你说你都忘记了。

驼铃你也忘记了,丝绸之路你也忘记了。你说好时光不再。昔日她容貌妍媸,仪态万方,一顾倾人城,再顾倾人国。大家闺秀，才情奇妙，气质高贵。万人景仰，又令人望而生畏，是仰望美丽、敬畏文明的最好去处。可是她现在沦落为旅游胜地了。

西安以帝王气象闻名世界。自东向西，会经过临潼。你要是想下车就下吧。这里游人如织，多你一个不多，少你一个不少。沿路你将看到：秦始皇陵——一抔黄土，松柏青翠，有农夫耕作，要是你想弄清这农夫是不是遗世秦人，"乃不知有汉，无论魏晋"，就乖乖掏钱好了；兵马俑——位于皇陵前门，世界第八大奇迹，当初出土时光彩夺目的彩俑在三天之后都在空气中变成泥菩萨，泄露天机，暗示遥远的光荣与梦想、衰败和希望，未免太遥远了点；华清池——贵妃在这里沐浴；阿房宫——位于骊山之阳，烧完了，西楚霸王烧掉的残柱深埋地底，地火在这里沉默，千百年之后，它突然又一次运行燃烧，并且以星星之火，成燎原之势；捉蒋亭……千年一瞬。秦王扫六合。鸿门项庄舞剑。一骑红尘妃子笑。天子呼来不上船。兵谏。张学良的皮靴踏碎贵妃乳间滴落的水珠。

进入西安，城墙迎面扑来，是不是使你"受了很重的内伤"？如果那是唐代而非明代的城墙，可能伤得会更重些，因为后者仅相当于前者的十分之一。城墙几经修葺，依然是现存最完整的城墙。北玄武，南朱雀。走进去，你将逆向与秦汉雄风、盛唐气象相遇。清晨，大、小雁塔上空隐约有紫气蒸腾，身着宽大唐装的人群跪倒一片，一个叫三藏的和尚从西天把经书取回来,要藏进大雁塔了。中午,李白拍你的肩,可是他说话你也听不懂。你让他说普通话,他很茫然。诗仙脸上茫然一片,这是少见的历史事件。在一千三百年前,他说的就是普通话,不过不叫这新名儿,叫"雅语"。你懂了吗?你全懂了。你跟他拜把子,投之以港台腔给他唱"快使用双节棍哼哼哈嘿",他报之以陕西话对你吟"明月出天山,苍茫云海间"。你们玩,玩,玩。李白说:"敢斗酒乎?"

"什么酒?"

李白很无助:"我们把稠酒问青天吧,喝好了我写一百首新诗,超过蓝马六个时辰写四十六首新诗的记录。"

为了找证人,诗仙带你来到杜公祠。他告诉你,虽然砖换了,瓦换了,地板换了,管理员也换了,可是老杜当年就是在这里而不是别的什么地方。最后他又补充,不知道为什么,老杜有点崇拜李白。

诗仙明显喝高了。他喝的那种稠酒,超市就有卖的,"有米香,若有沉淀轻摇即可"。你轻轻摇动这千年沉淀,发现自己是把一颗美人的碎牙,扔进水深一千二百多米的南海里。

你不摇了,四处转悠,在碑林,在书院门口,在护城河边。考古教授们在建筑工地排队等候,准备迅速清理挖出来的器物或者遗址。也许是秦砖汉瓦,也许是断简残篇,也许是唐代的下水道,也许是另一个半坡呢。暮气袅袅,杨絮沾在五千年前的蜘蛛网上。人们用李白的声调说话。街上出售稠酒,出售唐诗,出售历代交欢的器具,出售秦腔录音带,出售历史感,出售王朝气象,出售小农意识,出售纸鸢。

你说那一切都遥远了,遥远了,遥远了。古色古香又暮气沉沉的时代遥远了,百家争鸣遥远了,安史之乱遥远了,倒是最近有一种叫SARS的怪物搞得你没心情看古书。你真想吵一点,闹一点,喧嚣一点,欢快一点。

那我向你强烈推荐打口带。渭水之滨,关中八百里沃野,美丽的西安,土中多文物,地下多打口。

建议去以下地方看看:

A. 西安小寨百汇市场二楼口"铿铿音乐店",老板姓刘,很懂。

B. 建筑科技大学南门往东一百米的四海音像,老板姓尚,本地人。他同时还在体育场附近不定期出没,一般在下午出现,同时与他一块卖打口带的还有两位女士,估计是他的家属。他进货比较快,也多。

C. 西安交大中区的春雷商店。

D. 小寨市场内有一家比较大的音像店。

E. 朝阳门外西安电子市场,打口不多,但VCD和DVD较多。

第六辑

总有些朋友让你想喝多
让你想从所有的规矩里抽离

我见过广州的白天和夜，和每一刻

下雨前的风就像在狱中放风的犯人一样，带着一股狱卒的气息。雨被雷声惊飞，铺天盖地飞来，一会儿又飞走。这就是广州的夏天，时间分为下雨前、下雨中两种。

大三暑假我来广州实习，住着朋友五羊邨的房子。那时亚运会还没有办，广州开膛破肚，正在做各种手术，嗷嗷乱叫。朋友欧亚把卧室让给我和女朋友住，他们自己在客厅铺了一层席子。我不知道当时我为什么坦然地接受了这种优待，但就这么住下来了。

那是顶楼，没有空调，水压太低，洗澡要先接满一桶水。世界是个大蒸笼，屋子里是个小蒸笼。所以，风扇总是在转着，水一直放着，汗一直流，女朋友的胸口泛滥成灾，可是滚烫的席子很难让人躺下去做点什么。

风扇是没有用的,把席子用毛巾擦湿,还是没有用。

于是我们在房间里倒满水,肚皮贴在地板上,做出游泳的姿势划动双臂,唱起任贤齐那首《我是一只鱼》。有时,我像一块肥皂一样滑到了阳台。

这样的房间怎么做爱呢?这是个难题。只有等待下雨,等风和雨从阳台灌进来;或者等深夜两点之后,空气艰难地凉下去,摸上去才不至于两手黏汗。在两点之前,我们得以在楼下瞎转,得以见识到广州的夜,像一只闪闪发光的电子狗,蹦着跳着,发出叮叮咚咚的声音,发出奇怪而混乱的热光。

这种光是属于广州的光,包裹着广州的暗。除了常见的霓虹灯,更来自各种各样无处不在的夜宵摊、大排档。在西安上学时,到晚上十点,街上就没人了,有一次我们喝了酒在街上乱逛,看到一对情侣躲在街角,就把他们吓跑;那时才夜里十一点,可是已经可以躲在街角可以在彼此身上胡乱摸索。后来,经过二十多个小时的火车,我来到这个城市,突然进入另一个世界,一个由食物雕刻而成的城市。在这里,得以见到了一群我常常想念的朋友。

在午夜凌晨,一群穷光蛋,各人大快朵颐,频频碰杯。在如此嘈杂、极端混乱的环境之下,器具简陋至极,当然是谈不成什么事情了,没有必要做那些无谓的交流,只需要吃啊喝啊,笑啊;当然也不是为了果腹,得半日放浪,此后各自散走,次日再打扮得人模狗样,去混名与利,修身与性。

这种放浪的时间,在各地都有去处。但并不是每次都适合有人同去。我知道很多环境好的地方,那用来初次招待客人不错。我还知道很多味道特别的餐厅,或者服务员特别好看的酒馆,或者可以在室内抽烟的饭店,它们都是这个城市的一部分。但我想,只有大排档才是和最好的朋友吃饭的地方;如果我请一个人吃过大排档,那么说明在我看来这个人打动了我。

有一次,诗人旋覆来广州了,和阿斐,还有一帮人,吃饭、唱K、夜宵、喝酒。聊的什么都忘记了,或许是什么也没聊。只记得喝多了。不记得那天的酒了,想必是劣质的啤酒吧;不记得那天的歌了,可能是那些老掉牙的歌,林子祥或者齐秦。还记得那天的人、那天的心情。还记得在KTV里,我们又唱又跳,站起来觉得不足,就站上沙发边唱边跳。在朋友面前不需要注意形象,不需要注意别的东西,在大排档可以实现这一点。喝到后面,反而是安静的,心满意足地看醉酒之后才能看见的景象,一切光彩都在流动,一切声音也在。物体的轮廓都模糊了,只留下一种琥珀色的光影。

拥抱,干杯,忘记时间。日常生活像一面玻璃委屈地站在那里,我们的身影映照在玻璃里。

也参加过很多号称高级的酒局。大家安静地喝着，喝得有模有样。喝了几瓶之后还记得酒的牌子，还能强装镇定，注意举杯的姿势以及面具是否掉落。同时开始胡乱地发信息给那些心里想着的人，告诉他们，想和他们在马路牙子上看着车和人从身边走过，端着啤酒看，汗水把一天的妆卸下。

这并不说明我不喜欢和陌生人喝酒，也不是不喜欢在生意场上喝酒，其实，我是不太喜欢和不喝酒的人在一起，无论是陌生还是熟悉。身体原因除外。换句话说，我不喜欢和自控力太强的人打交道，我也不喜欢和自控力太差的人打交道。这么说好像有点矛盾，但事实就是这样：没有一点性感的人很难勾起欲望，浑身都长满性器官也很难看。

曾有几次喝多了，第二天醒来躺在陌生的床上，或者半夜惊醒发现自己丢了手机。或者发现自己跟一些人说了些莫名其妙的话，像是把心脏剖开给别人看，血淋淋的有些吓人。后来，我命令自己不能喝醉，其实方法也很简单：一慢二不混三定量。就是第一喝慢点，尤其是类似清酒这种看似绵软无力其实绵里藏针的酒；第二不要喝混酒，以往喝多断片都是白酒啤酒红酒洋酒各种都喝了一遍（这时我想起冰块加老汾酒还挺好喝的）；第三定量是必须做到的，每种酒都知道自己的量，打死也不超过就好。

但是，总有些朋友让你想喝多。让你想从所有的规矩里抽离。让你知道没有什么比一醉方休更能表达对他的喜欢。总有些人让你觉得什么也不用说，彼此完全地袒露就好。

可惜这样的人并不多，而且还会经常走散。比如阿斐去了杭州之后，我感觉我的生活一下健康了很多。健康得像个中年人。

有一天我问阿斐："最近在干什么，不来广州吗？"其实我的意思是，好久没有和朋友好好喝酒了。

有时，坐在车上，车开往五羊新城。清晨是苍白的，不动声色，不知道我并不是观光而是已经漫长地想念这苍白酒醉后的清晨。

我无法区别那从车窗外传来的吵闹声是真实存在还是我记忆的复活。

我看到一对情人在地铁旁站着，抱着，发出细微的声音。我想他们共同度过了这个夜晚。

此时，一切最安静，月亮永不疲倦地监视着城市和每个人的睡梦。我想念那些旧日友人、酒肉朋友，想念那些碰杯的夜晚，想念夜宵摊的混乱，以及共同度过的这个城市的白天和夜，和每一刻。

无论我的描述和感受是否符合事实,我想至少有一句你要清楚:没有和你觉得重要的人去过大排档,没有见过那沸腾的、嘈杂的、闪着迷幻光彩的夜,就不能代表你来过广州。

正像你没有在一个地方醉过哭过、奋斗过、失败过、痛苦过也快活过,你就不能说自己真正了解这里。

苏东亮退学一事

> 生命短促落叶飘零,
>
> 让我们去冒险远征。
>
> ——题记

黄河在海拔一千五百米以上的高度,流经榆林。众所周知,黄河中游泥沙翻滚,跟沸腾的黄泥汤相去甚近。可是在榆林,在上游,水面清浅,江水广阔,急浪里产上河鲤鱼。

苏东亮曾经向我表达过这个意思。他一定包含吹嘘的意思。虽然苏东亮会游泳,虽然他确实在黄河里畅游过,虽然他嗓音如江声浩荡,眼神可是很怪的(他的眼白比较多,让我现在依稀想起岸边坚硬的石头)。黄河上游真的有那么清?他说得那么认真,我又有点不敢肯定……

也不知道最近苏东亮退学后在黄河上游干些什么。给他打电话已经转到联通自动秘书台。而他屡次提及的妹妹这样描述她哥哥的去向："我哥（二月）十四日去学校了。"这又让人们有点迷糊了，因为他确实没有在学校出现。所以很可能他是去了别的地方，至于到底还在不在黄河流域，我现在还不能妄下断语。后来，院里宣布他自动退学了，人们不免有一点点吃惊。

他的退学，和他退学之前的失踪有关。去年由秋转冬，寒蝉噤口的季节，他突然消失了一个月。消失之初，所有人都无动于衷。这种事，发生在任何年轻人身上，都很正常，更何况他从来就不会循规蹈矩。但是，意想不到的，这普通的行为引发了一场变故。先是他家里人屡次打电话来找不到人，渐渐悟出大事不妙。任何母亲都会为儿子的事大惊小怪。我们都知道纸包不住火，遂将实情相告。接着，班干部顶不住了，报告到院里。惊动的人逐日增多，包括文学院、他爹妈、他妹妹、他叔叔等。我们每晚的卧谈，也由指点女生演变为讨论他的去向。但谁都清楚，我们一切的假设都只是猜测，苏东亮究竟在哪里，在干什么，在想什么，他为什么消失，只有他自己知道。但抱着试试看的想法，孙奇和唐明决定在西安搜寻一遍。由于苏东亮是玩游戏的好手，对帝国，对CS，对任何游戏都力求精通，所以他们搜寻的地点主要是网吧。不知为什么，在找了几十家网吧之后，竟然真的在一个叫"新新人类"的网吧找到了。

为什么要写这些,我也不太清楚。在我的家乡,湘西南的桃花坪,滩头竹林中的鸟叫声早上、中午、晚上各不相同。动物在杂树茅柴间出没。我是这中间最懒的一个。没有遇到严酷的生存逼迫,只要可以不做事就不做事。假如世间全是我这样的平庸之人,人类现在大概还摇着大尾巴,上蹿下跳,在树上荡来荡去。当然也就没有苏东亮了。而我和他,曾经在学校笔直的路上不止一次一起走过,去上网,去吃饭,去学舞,或者去见某位让人激动的女网友。面对眼前的女生,我们各自坦言自己认为重要的体貌特征。我爱双腿及臀部,他更看重乳房。后来有一天,他郑重地对我说:"我觉得你说得也有一定道理,一双修长的腿是十分重要的,关中女人的腿一般都比较短,不太好看。"我们一致认为,这和兵马俑的体貌特征是一样的。我们用傻瓜相机拍下搞怪或装酷的照片。我们看到照片上不穿衣服的他,上下都很平坦。但是不知从哪一天起,我们似乎因为过于亲近而产生了误会,我们在渐渐疏远。我回忆来回忆去,事实都明摆着,在那段日子里,我喜欢苏东亮,他也喜欢我。他以他的习惯,在酒后这样说过,而我以我自己的脾气,虽然从未表明,但是心里的想法和他完全一样。后来的情形为什么会变成这样,我到现在也不太清楚。

前面说,苏东亮自二〇〇二年九月二十八日起消失了一个月。这三十天里,他就在"新新人类"网吧待着,玩CS,抽屉里该网吧几十张上机卡可做佐证。吃喝拉撒他应该是就地解决。等到重回西北大学,他只穿一件衬衣,已经瑟瑟发抖,身上的气味不可谓不大。尤其值得注意的是,他好像神经也出了点问题,也许是正逢换季,衣少天寒,冻的吧。

苏东亮回校伊始,学院里就得到了情报,并且马上召他去。同学们劝苏东亮还是洗了澡再去,苏东亮就依了他们。

刚刚洗完澡的苏东亮眼神有点游离。嘴唇是白的,抖着说话——其实是灰白的,但是我们宿舍光线很暗,看上去就比较白一点。苏东亮有点担心地说:"我就这样穿着拖鞋去见王老师,恐怕不太好吧?"我们热心地献计献策,我恰好有干净的冬袜,就借给他穿了。在那之前,我和他,就已经不那么亲密,但是我是想亲密点的。

王是学院党总支书记,这里略过不提。

如前所述,苏东亮神经也好像出了点问题。学院向其家长表示了某种意愿,不过不是因为苏东亮神经有问题,而是因为苏东亮"有问题"。问题就在这"有问题"上。如果你非要问到底是什么问题,那么人们就不得不说你这人有病了。我们害怕被说成有病,所以没有开口询问。

最主要的一个症状就是,苏东亮缄默了。喝酒的时候,苏东亮不再充当主将。这样喝起酒来,趣味就少了很多。

二〇〇二年十一月十一日我们宿舍三人共庆生而为人二十一年,就出现了这样的情况。几个女生面对她们不熟悉的情景和人物,不知所措。苏东亮作为6103宿舍的一个,把几个女生搞得不知所措。紧要关头,酒令起了作用,酒起了作用。我们猜拳,会玩复杂的就玩复杂的,不会的就玩老虎棒子鸡。输了自然是喝酒。苏东亮又一次晕乎了。

都说苏东亮每当醉酒,必话如泉涌,汩汩而出,最晚睡的人都睡了,他好像还没有疲倦。三年以来,我们已经记不清听了他多少醉话。他会一直醉到梦里,好像在说梦话,毕竟人都是会困的。以前他会说他妹妹古灵精怪,自己要当神木县县长,女生总是浅薄得不了解他这样特别的人特别的爱,操,匈奴未灭何以家为,买辆沙漠之王驰骋于毛乌素沙漠……我该怎么和你说呢,在深夜听一个人梦呓一般说真话类似于解剖活人,不是谁都受得了的。

相比而言,我更愿意面对清醒的他。在烟雾中他完全隐藏了自己的脆弱和孤单,言语风趣,幽默不露声色,变成万人迷,而且颇有豪侠之风。出外游玩,女生最爱和他分到一组。如果你和他相识,你就会习惯他手臂上举,直指苍穹,浩荡地背北岛的诗:"告诉你世界,我——不——相——信。"你就会看到,在人人有饭吃、个个无事做的中文系宿舍,他盘腿坐在床上,念道:"三姓家奴休走,燕人张飞在此。"

北京申办奥运会的那一年,苏东亮骑了辆从旧货市场买来的单车,后座上插了杆旗子,在一个清早,开始回陕北的家。后来的照片和他本人显示,他晒脱了一层皮,被毒日烧成了一截木炭。他骑了八百里,具体的经历我并不熟悉,但是谁都可以看出,在沿路的照片上,他硬邦邦的脸上木炭火似的笑容越来越不真实。他真的在笑吗?他也许没有力气了。

我有一个老师

王勇,很明显这是一个人的名字。他不是我的同学,而是我的老师。

这个名字实在太普通了,一般人想象中这个名字的主人一定是个普通人,我当初也这么想。我甚至没有看清过他。我和他的唯一一次近距离接触是在我上初中的第一天。那一天,他摸了一下我的头发。

升初中的时候,我家出了大约一千块人民币,为我购买了一个进重点中学的名额。我的自卑情绪因此油然而生。入学第一天,我买了一瓶本地产的"绞股蓝"啤酒,心想我也做一回城里人,因为我经常在电视上看到城里人喝啤酒,而我爸总是啜着米酒。结果我强忍住喝到一半,一股对马尿强烈的反感还是促使我把它扔在路边,连瓶带酒。

入学那天,我的一位在学校做老师的亲戚把我领到宿舍,问我住上铺还是下铺,并托付我的班主任王勇老师对我多多关照。我清楚地记得,在他们说话的时候,王勇摸了一下我的头发。

我以为我是最差的,至少是最差的学生中的一个,这一摸让我觉得,这个老师并没有因为我是最差的而看不起我。我想每位有类似经历的同学都会认为,世界上最恐怖的事,莫过于所有人都看不起自己。

可以说,我在努力学习。但有一次课间,我还是抱起一本小说,低头看了起来。当我看得入神时,王勇悄然来到。他抽走了我的书,并翻过来看了看封面。我相信封面上应该写着这几个字:高山下的花环。这虽然是一本主旋律小说,但还是小说。所以王勇笑了笑,说:"你们家把你买进来,就是让你来读小说的?"

我低着头,只希望旁边的同学没有听清他的任何一个字,尤其是前面一句。我的脸一定很红。那时候,我很容易脸红。

我一脸红起来,就表明,我心里十分自卑,非常惊慌,生怕所有的人都看不起我。但王勇显然并没有揣摩到我的心思。又一次,他在台上讲错别字,讲到常常有人在写"考"字时,多写一横。他讲的时候,我很专心地低着头在抽屉里用双面胶粘书皮,也就是说,没有听课。不知不觉,他高大的身影就到了我面前。我感觉身旁一暗,慌作一团,把书往深处塞。王勇便把手伸进我的抽屉（现在想来，他应该是怀疑我又在看小说吧）。但他没有抽到我的书，而是抽到了一个本子。本子封皮上竟然恰好写着"考试"两个字，"考"字竟然恰好多写了一横。王勇又笑了笑，说："别不好意思了，写错了字还想藏起来啊。"全班同学估计有一半发出了笑声。我又低下了头，但这回其实是在窃喜他没有发现真相。

我的糗事实在是够多的，比如上黑板默写单词，把 cup 写成了 cap；比如在做值日生时把名言警句"勤能补拙是良训"中的"是"字少写了一横被无情地指正。在初一前半学期里，我的人生关键词就是自卑与慌乱，我常有的行为就是在座位上看着我的同学。在老师不点名批评人的时候，我常常会以为他说的就是我；在同学们个个迅速结交朋友嬉戏打闹的时候，我总是坐在座位上看着他们。我忘了我当时对于未来的想法，但我可以猜测我一定认为未来一片灰暗。我甚至怨恨家里把我送到 所重点中学。

情况在中考后起了微妙的变化。所有科目都考完后，我在紧张中等待公布分数与名次的时刻，暗自祈祷不要是倒数第一。某一天中午，或是下午，总之阳光灿烂，王勇慢条斯理地按名次念了下去。他念得十分、十分慢，时不时还停下来点评一番。我张大耳朵，张到了极限。终于念到我了，在全班七十五人里,我是第二十八名。我的心跳在加快。接下来,王勇停下来点评道:"不错,进步很快。"我的心跳更快了,并害羞地低下了头。时至今日,我依然固执地相信当时一定有很多同学对我表示吃惊和钦佩;我感觉这一次的满足比后来所有的第一名加起来还要更满足一点。

那一刻,我心里基本上就把王勇老师当成亲人了。但还不够依恋。当我依恋他的时候,他已经不是我们的班主任了。

初二时,因为他管理过于松散,学校就让一位数学老师来做了我们的班主任。虽然我数学成绩并不坏,对新班主任也没有成见,但我还是重新自卑了起来。我害怕和任何老师在路上相见,害怕他们认出我来;即使看见他们,也是低头匆匆走过,从不打招呼。我不相信大人们常常挂在嘴边的那句"读书是为你自己读书",我认为是他们要逼我来这里受苦。只有在语文课上,当王勇偶尔表扬我的作文写得好时,我才会睁大眼睛,张大耳朵,身心愉快地度过这四十五分钟。

即使他批评我,我也感到愉快,因为他的批评似乎不是批评,而是变相的夸奖。我记得有一堂课讲短语,他把主谓短语、动宾短语这些概念说了一大通之后,便叫同学来造个短语看看。一连几个同学都栽下了马,他叫我来,我也栽下了马。这时他批评道:"怎么你也不会啊!"这句批评听得我很舒服,舒服到了今天。

就是这些细小到无人注意的细节让我变得快乐起来。我变得渴望每天的语文课。要是有语文课,我就看着门口,一直看到他进来;要是哪天课程表里没有语文课,我总以为是值日生出了错。

虽然他还总是批评我,但我不再因此而自卑,只想做得更好,获取他的赞扬。有一回,正在学蒲松龄的《中山狼》,我大概心情不错,就在凳子上扭起来。突然我觉得不对劲,因为课堂鸦雀无声。抬头一看,王勇正眯缝着眼似笑非笑看着我呢。他看我不扭了,才说:"你扭什么呀,你以为你是大文豪蒲松龄吗?"由于鄙人也姓蒲,当时学的又是《中山狼》,这句话就有了特殊的幽默效果,全班同学都不由得笑起来,包括我。

中学时,老师几度让我们以"美丽的歧视"为题写过作文。我不相信有这回事,所以总也写不好。我相信的是,只有当一个人让你依恋,让你信任、喜欢,令你渴望见到他,听他说话时,这个人才会影响你的人生。

可能是我上高中时,王勇老师离开了学校,我们猜测他去县城里做了公务员,或者别的。我偶尔能听到他的消息,但总是不知道他在哪里。后来我偶然在《隆回日报》上发现了他的名字,原来他已经去那里做了编辑。

我突然想起那篇题为《我的老师蔡芸芝先生》的课文来。主要内容我基本忘记了，只有一个细节挥之不去。这个细节是：夏天的夜里，作者魏巍从凉席上爬起来，去找蔡老师。读到这一段时，我的眼前是这样一幅画面：一个穿短裤的男孩，或许赤着膊，赤着脚，走在一条小路上。月光普照，夜色金黄。他闭着眼睛，方向丝毫不差，脚步丝毫不乱，心中丝毫不惊慌。

我想起这个细节，是因为王勇老师也曾这样让我感到安静、欣喜。我见过很多的老师，见过很多好老师，很多一般的老师，以及很多坏老师，却只见过一个叫王勇的老师。

在他离开学校几年后，我写了一封信给他。我不知道他的地址，便写上"《隆回日报》编辑部王勇收"。他竟然收到了，并给我回了信。我记得在那封信里，我请他来我们学校文学社讲写作，丝毫没有提及我对他的想念。

脸红的流氓

一

大二时，我意外地接到陈海兵的电话，他问我借八百块。他告诉我，高考一结束，他就去了东莞打工，现在混得不错，准备承包工厂的食堂。

"押金就差八百块了，"他说，"第一个月赚了就能还你。"

我说："我也没钱，但我会给你去借。你留下你的BP机号码。"在我确定能借到钱给他寄过去之后，我们又聊了一会儿，并约好寒假过年我去他家，好好喝酒，好好聊聊。两年不见，我很想念他，但我没有说出来。

最后，我问他："杨丽萍怎么样了？"

他说："我们在一个厂打工。"

我掩饰不了自己的惊奇："你们还在一起啊？佩服佩服，

代我向她问好。"

我很想问陈海兵,为什么这么多年后还和她在一起?但我想,还是等过年见面时,在几杯酒后,再问。

但大二那年寒假回家过年,我去到陈海兵家里,并没有见到他。

二

大概每个男孩都有想成为一个流氓的时刻,但像陈海兵这么会脸红的流氓,我只见过一个。

那是《古惑仔》风行的伟大年代,发哥还在纵横四海,男孩们的偶像都长得粗糙、凶悍,义字当头。林志颖和黎明是女孩们的爱,就像吴亦凡和鹿晗是现在女孩们的爱一样。

因此,男孩们秘而不宣地渴望当一个流氓。好学生渴望当一个成绩好的流氓,坏学生渴望当一个流氓让成绩好的女生帮自己写作业。陈海兵属于前者。

有一天,在难得的每周半天的假期中,我们暂时逃离半军事化的管理,一起去县城看录像。此前他已学会在放到中途时大喊老板换片,在车上颠簸时我们谈及遥远的未来,他说:"我的梦想是喊个女生一起去看录像。"

如果连个女朋友都没有,确实不好意思宣称自己是流氓。对于这件事,我的理解是:想当流氓,目的还是当色狼。

要带个女生去看录像,首先要解决的问题是有个女生愿意。陈海兵长得有点像郭富城,发型是那时时尚的中分头,如果他要按照好学生的做法,写几封情书,泡个同学,学妹,甚至学姐,应该都不算难事,但他觉得这不符合古惑仔的做法,不够有风度。

我说:"古惑仔的做法是什么?坑蒙拐骗架把刀?"

"那更没风度了,"他说,"你看我的。"

他小声告诉我,他要在这辆小破公交上略施小技,把旁边扎马尾的陌生女同学的名字和宿舍电话问到手,以体现他的风度。

那时很流行风度这个词。也很流行一句话,叫只要风度不要温度。所以,在那辆四面灌风的公交车上,陈海兵的裤管像旗帜一样鼓动,像在为他助威。

一直等到要下车了,他还没有动作。我以为他是说说而已,没想到他在酝酿情绪。

也就是说,他在酝酿勇气。可能还打了几遍腹稿,想了若干行动计划。可能也温习了诸多电影画面各种经典搭讪镜头。

等到女孩下车了，我们赶紧尾随而下，如果当时有监控录像，录像里的我们一定很猥琐。

但见陈海兵用手指往后顺了顺头发，再甩了甩，跨步走到马尾的侧面。那女孩吃了一惊，吓得退开了三尺。陈海兵趁热打铁，把打了几遍的腹稿说了出来："同学，你们宿舍电话是多少？"

他成功地把女孩吓得狂奔起来，我哈哈大笑。

陈海兵的脸估计红了有那么三秒，自己给了自己个台阶："早知道就在车上问了，她没法跑。"

我说："我们别去'新青年'了，还是去新华书店吧。"

"去干吗？"他说。

新华书店肯定有怎么和女孩搭讪、泡妞秘籍之类的书。我说。我没说的是，其实我真的在新华书店看了几本这样的书。

他再次脸红。一个流氓会脸红，就让人觉得有几分可爱。

我们最终当然还是去了"新青年"。这是一个黄色录像厅的名字，但我们一般叫它胖子录像厅，原因很明显，因为老板是个约莫两百斤的胖子。这个胖子录像厅我写过好多次了，因为确实我们也去过好多次。

一路上，路过小摊小贩，酸萝卜的酸和臭豆腐的臭，烂菜叶和甘蔗皮，上周跳楼价卖我三十块假皮鞋的还在最后三天大甩卖。这就是我所嗅到的生活气息，我所受到的生活教育。我们捂着鼻子快步走过，我在想象中把县城功能规划了一遍，说："太脏乱差了，太影响形象了，太需要找个设计师好好规划一下功能了。"陈海兵则大声说："等以后我做了老大，这些摊子都要统一管理。"

"等以后你做了老大，我摆个摊，你给我免了保护费。"我说。

"你别这么小看自己行吗？我兄弟怎么可能混成这样？以后你回来，我把胖子录像厅包下来请你。"陈海兵甩甩自己的中分头，说得十分认真。

三

那个夏天，反复在录像厅看古惑仔，反复看叶千卿，陈海兵反复说着自己将成为街头老大，但总是没有成。

那个夏天，他花十块钱在地摊上买了一把蝴蝶刀，把头发留长，接着又学会抽烟，在课堂上偷偷抽一口，再在课桌下把烟扇走。他告诉我蝴蝶刀就是《古惑仔》里用的刀具。他说，等他把刀玩熟了，再去泡个马子，一边把刀甩得噼里啪啦，一边把女朋友迷得神魂颠倒,让我那时不要太羡慕他。但总是没有女孩出现。

而且他的成绩一直掉不下去,因此老师总把他当作一个有点头疼的好学生,最多有机会在宿舍被抓到抽烟时表现出一副很拽很死不悔改的样子。同学也只把他当作一个兴趣广泛的家伙。流氓名声一直建立不起来,这让他很头疼。

"我就是需要一个机会。"一天傍晚,在晚餐和晚自习的间隙,我俩并排躺在宿舍床上抽烟,他对我说。

当时的天空是可怕的粉红色,很像仇人相见时的眼睛。事后想来,那一天有那么点大事即将发生的样子。

天气很热,我穿着内裤躺着,浑身汗津津的,没理他。

"晚上这自习就别上了吧。"他继续说。

我还是没理他。

"打桌球去,老子请你。"他说出了关键,这让我翻身跃起。

在一个乌烟瘴气的房子里,人挤人,我们拿着酒瓶边喝边打。一个女生和他对打,我在旁边看着。玩的过程中,陈海兵买来一包精白沙,用他的话说,是让我爽爽。我看出他的意思是向女生表示自己抽得起好烟。

他更隐晦的目的是让那个女生吸烟。她吸烟的样子还不赖,学着电影里的样子,吸一大口,再直直吐出来,像吐出一头狮子。怎么能不过肺呢?陈海兵不满意女孩的做法。他先吸一大口,轻吐出来,再用鼻孔吸进去,像吐出一只绵羊再唤回窝里。他说电影里都这么抽。女孩尽量逼真地模仿了一把,然后说不行不行,好晕,没想到烟这么难抽。陈海兵哈哈大笑,叼着根烟打进一球,随即极力自然地问女孩是哪个学校的,叫什么。他当时竟然没有脸红,这事说明人一旦有了一技之长,在各方面都会显得更自信一点,何况陈海兵当时表现出了两个长项:打桌球、会抽烟。

除此之外,看得出他还觉得自己很帅。这一点我也承认。

女孩叫杨丽萍,和跳孔雀舞的同名,因此有个外号叫孔雀女。有很整洁柔和的眉毛,皮肤白,嘴唇是桃红色,我不能不承认我看到那嘴唇有点心痒。

桌球厅的人太多,音乐声太大了,女孩喝酒挥杆,白球撞出球桌,刚好撞上一个精瘦的小个子的额头,他当时正蹲在地上系那该死的鞋带。小个子捂着额头跳起来,指着陈海兵的鼻子要他管好自己的马子,当然他主要想表达的意思是赔钱,是没有钱这事没完。双方推推搡搡,指着鼻子骂娘,光膀子的老板走过来,说,要吵事,到外面去吵。

两人就在外面打了常见的难看的一架,一点也没有电影里古惑仔的风度,而且谁也没有抄家伙。

四

出于众所周知的原因,陈海兵打架后,被光头误认为是他马子的杨丽萍几乎每天来看他,还从老爸那里拿来好烟,还学电影里那样吸一口点上,再放他嘴里。

总之把能想到的恋爱中的事都给做了,电影中能模仿的都给模仿了。

我们都以为他们在谈恋爱了,但陈海兵一再否认,并说明自己不可能喜欢她,如果谁喜欢,他还可以帮忙追。他的理由是:"我不喜欢混的女孩。"

"所以你是故意让她抽烟,这样就可以不喜欢她?"我说。

"你把我想得太黑暗了吧,我是想要是她学会抽烟,喜欢她的人就更多了。"

在没有表白成功之前,陈海兵不好意思说出自己的表白。我劝陈海兵放弃进攻,现在想来,我还存有一丝他放弃了我就可以名正言顺地追一下的想法。但我当时说得很冠冕堂皇、语重心长:"不要打无把握之仗,没有金刚钻,就不要揽瓷器活。

要追孔雀女,除非你是开屏器。"

陈海兵用受伤的手往后一扫头发,说:"你说得对。追就追自己最喜欢的,勉强喜欢一个人,对女孩那叫伤害,对自己那叫残忍,对朋友那叫占着茅坑不拉屎。"

"我们不如打个赌,看你能不能追上杨丽萍,如果你没追上,你把头发全剃了,再请我吃顿饭。"我说。我没说的是,没追上我就可以上了。

"如果我追上了呢?"陈海兵说。

"你追上了我也给我的女神写情书,请你吃顿饭。"

"一言为定。"

杨丽萍在某一天给陈海兵回了一封信。信里有一句是:"谢谢你,周末一起去新华书店吧。"还有一句是:"我想,我们现在还是要以学习为重。"

信的结尾她写道:"期待周末的书店之旅。"

"你输了吧?"陈海兵指着信,"期待周末见是什么意思?"

我输了,在那个周末,我亲眼看见陈海兵拉着杨丽萍的手从新华书店走出来。我只好拿出早已写好的给女神的信,说,就去寄。他一把夺过去,大叫起来:"哇擦,周慧敏,还真是个女神啊。还是寄到香港九龙的信啊。你太有心机了。"

我假装镇定地说:"周慧敏确实是我的女神啊。"不过当时我脸肯定红得厉害。

从此，校园里陈海兵和杨丽萍的身影可谓无孔不入，操场边的草坪上，其他人在说笑话，吃凉薯，讨论考试和老师，他们在啃。晚上宿舍熄灯，大家在脱衣服，他们在啃，啃完在宿舍门口话别。除了上课，基本只能早上起床时见到他，有那么几次，甚至早上也没见到他。

难得有一个周日的下午，他在宿舍躺着，我上去踢了他一脚，说："怎么今天没出去，回宿舍探亲啊？"

他睁开睡眼，一看时间，说："啊，五点啦。"然后就去刷牙。刷了一遍，再刷一遍。我看他还准备刷第三遍，说："刷这么久，你今天吃屎了吗？"

他飞过来一脚，又凑近我，朝我不停地哈气，问有烟味吗有烟味吗。

我当时的神情应该像看怪物。

他嘿嘿一笑，解释说："杨丽萍讨厌烟味，我准备戒烟。"

"要不，再抽最后一根？"我逗他，给他扔了一根过去。他停顿了一会儿，才点燃狠狠地吸起来。

"这也太夸张了吧，抽根烟也管。"我说。

"我抽着也难受。正好戒掉。"他说。

"其实不是啦。"抽了两口他说，"喜欢一个人，连烟都戒不掉？我不信。"

"抽烟还好说，要是她一直这么要求，你不惨了？这可不是个好习惯。"

"放心,我乐在其中。"

陈海兵没有再说话。我感觉他们相处似乎出了点问题,但也不好问他。我猜测是杨丽萍强硬的个性让陈海兵压抑。但我错了。

李毅大胆地宣称是杨丽萍可能喜欢上了别的男生:"陈海兵太糙了,三天不洗头,满嘴烟味,换你受得了吗?何况杨丽萍。"

我们一致认为李毅说的有一定道理。但他也错了。

我们都错了。正确的解释是陈海兵有一天自己告诉我们的。

其实这个理由我们应该最先猜到,那就是老师们的反对。老师们像看守一样终年囚禁恋爱这头怪兽,不,囚禁恋爱以免它感染优等生群体。老师们反对的,不是谈恋爱,而是陈海兵谈恋爱,因为他当时的成绩很不错,属于提升高考升学率的有效因素。

在我们翻墙出去吃一碗鸡蛋炒粉的饭桌上,陈海兵公布了他的计划,将和杨丽萍转向地下恋爱。所谓地下,就是尽量不在公共场合成双结对,在黑夜出没,在纸上诉说衷肠。

打瞌睡,或者写几十页一封的信,成为陈海兵课堂上的主业。成绩下降是必然的了,班主任几次找我问他最近为何总是精神恍惚，我一边忽悠着老师，一边提醒陈海兵，后来把老师搞得很烦我，陈海兵也很烦我。"你别管闲事啦，"他说，"我乐在其中。"

如果我们曾有什么不顾一切的时候，那么这种恋爱想必算一次。而陈海兵显然更加不顾一切一点。

一次晚自习，在班主任把他叫到楼道以询问的语气来阻止他继续时，我们听到他的声音突然变高："老师你上学时也喜欢过女孩吧？如果你说你没喜欢过，那我可以听你的，如果你有，那我希望你支持我。"

班主任也是个暴脾气："陈海兵，你别给我耍嘴皮。你老爸拿钱让你来学校，是不是让你来相亲的？要是这样，你不如回去结婚生小孩，让你爸早点抱孙子！"

教室里的一帮姑娘小伙都侧耳倾听，这场火力十足的谈话，在一句"明天叫你家长来学校"后结束。

从双方对话的碎片中，我们听出，杨丽萍怀孕了。这远远超出了我们刚刚学会手淫不久的人想象的极限，超出了嘴唇、衣服下面的摸索和早晨的勃起。

很快，陈海兵和杨丽萍的父母都被叫过来了。

没过几天，杨丽萍就转学了。成绩不好的转学，这个结果学校上下都觉得比较自然。

杨丽萍转学那天,陈海兵没来上课,在宿舍躺了一整天,制造了一地的烟屁股和满屋愁云。我问他打算怎么办,他给我看杨丽萍最后写给他的信,只有两句:"请你忘掉我们之间的所有事情,也忘掉我。这句话没有特别的含义,就是你忘掉我,你不要猜。"

从此,除了继续写几十页的信,陈海兵的生活中多了一项内容:跑步。每天他比别人早起两小时,跑步,在杨丽萍去新学校的半途中等她,送她去新学校,再跑回来。

如果雨下得太大,他会起得更早一点,因为雨会让速度变慢。

"喜欢一个人,跑步都做不到?我不信。"如果你问他为什么要这么做,陈海兵想必会这么说。

他就这么跑了一年。

他从一个成绩好的流氓变成一个成绩差的跑步高手。我们学习,唱歌,打闹。我们在女生走过时吹口哨,随后感到无聊。

我以为时间就将这样顺流而下,同学从学校分手,老师撤走窗外看守的目光,女孩在情书里忐忑不安,粉红色的天空永不再来。

这种日子被陈海兵的一声吼叫打断。就在早自习课堂上,他突然大吼一声。那年李阳来我们县城做疯狂英语的演讲,很多同学学会在早自习大声练习单词,像永不疲倦的驴,所以他这一声吼并没有引起太多人的注意。但我看到他把刚拆开的一封信揉成一团,扔进课桌,然后用双手支着脑袋,盯着前方。就这么看了几分钟,他把头埋在桌子上,哭了起来。

"你难道是个傻瓜吗,还是你确实是个傻瓜?我不爱你了,你知道吗?"杨丽萍的这封信,让陈海兵把头埋在桌子上,哭了起来。

信的结尾是:"周末我们在新华书店,见最后一次,希望你能把我写给你的信带过来,还给我。"

那注定是一次悲伤的见面。杨丽萍把陈海兵所有的信都带了过来,还给他。陈海兵把她的信带过去,还给她。在同一个书店的同一个角落。

像交接领土或交接记忆,像交接记忆里的笑容、狂喜和痛苦,包括每一次的窃窃私语。

回来后,陈海兵在我面前再次哭出声来。我什么玩笑也想不起来开,也想不起来怎么安慰,只能给他递几张纸巾,点一根烟给他。

"旧的不去新的不来。至少,以后不用戒烟了。"我也只能这么简单地说着，极力想缓和下气氛。但我那时没恋爱过，自然也就没失恋过，我说的话没有任何说服力。

事实上，陈海兵根本没听清我在说什么，他满脑子在想着别的事。哭过之后，他用被堵塞的鼻孔用力吸着烟，一句话也没说，一句话也不听，满脑子在想着别的事。

我们说去把那男的打一顿，他说："喜欢一个人，连打架都忍不住吗？"

五

大二那年寒假回家过年，我去陈海兵家里，并没有见到他。他没有回家，电话也打不通。他家人告诉我，他曾给家里打了电话，说女朋友进了传销组织，他要去救她，问家里要八百块钱，家里没有给，后来就联系不上了。他们说，要是他打电话给我，无论如何，请我叫他回家。

毕业十年之后。那天我半夜到达县城，四处找旅馆，每一家的回答都是已住满。我走进桃花新街的一家，在收获又一声"住满了对不起"之后，转身刚想离开，一个人影在我面前停下。

我认出他就是陈海兵这个流氓。

我得以再一次和他睡在一张床上长谈，制造一地的烟屁股和一屋子的回忆。他告诉我他骗我那八百块是有理由的，他如何和杨丽萍从传销窝里跑出来，如何从开杂货店卖游戏点卡开始，做到开贸易公司，开酒店。他说酒店生意好个屁，除了过年这几天，平时就是几个打牌的、约炮的，还要给各路老大交保护费。他袒露这几年是如何不好意思和我联系，因为当年骗了我。

我还是忍不住问他："你不会还和杨丽萍在一起吧？"

他哈哈一笑："分了，分了几年了。"

"当年这么惊天地泣鬼神的，我还以为你们肯定结婚。"我说。

"不奇怪，"他说，"分分合合好多次，都累了，就算演戏，演这么多回也不想演了。但要是倒回去几年，我估计还是会那么做。"

我说出我一直以来的愿望："你当年那些信加起来也有几十万字了吧，给我看看行吗？"

附 录

如果有一天,我在平庸面前低了头,请向我开炮

"在悲伤与虚无之间,我选择悲伤。"

——《筋疲力尽》

一

有一次给人推荐一本书,叫《四十大惑》,差不多是二十岁那年看的了。作者是默默。

没想到十几年之后我对这本书依然印象深刻。大概是因为

书里那个醉生梦死的人,属于让人喜欢的坏蛋。更可能的原因是:大学时我经常引用里面的句子和女网友聊天,一来二去就熟了。

整本书的三观在普通人看来有点问题,但普通人的看法有一些是不对的。这本书的大意是,惑是必然的,比起浑浑噩噩、蝇营狗苟,还不如醉生梦死。当你想醉生梦死时,不要影响别人;当你不想醉生梦死时,你要让自己活过来。

我曾经历很长时间的浑浑噩噩,也有一段醉生梦死的日子。
随波逐流,挥霍。彻夜饮酒。
逆流将我击退,而我美其名曰顺其自然。
我几乎放弃了写作,每当有人问,就说,以后再说。配上个傻瓜似的笑脸表情。
感觉每天都很忙乱,其实每天心里都很慌乱;感觉一切都很平静,其实每天都想一走了之。

不过,除了到书里去寻找莫须有的答案,我没咨询过我该怎么活的问题。这个世界上有人可以让你活得很惨,但很少人能代替或者指导你活得更好。

因为事实证明，悲观很容易传染，乐观却难以复制。

一个快乐的人看到悲伤的电影，会哭；可是一个悲伤的人看到快乐的电影，并不一定会笑；一个积极的人看到热血的话，会沸腾；可是一个悲观的人看到热血的话，会觉得说这话的人是个傻帽。

直到有一天，我想，既然只活一次，我总该做点什么。

二

其实想过很多次，并不是只有这天想了。暗暗下定决心然后又抛诸脑后这种事我很拿手。

把朴树那句歌词"我活得不耐烦，但是又不想死"改改，就能形容这种现象：我过得很不爽，但是又不想改。

只有这次，想了之后，我列了一个清单，列了20多项我想做的事。可能还不止这个数，因为我本来要求自己想破脑袋也要列100项的。

一项项删除，最后剩下两项：写作、做一个有逼格又能赚钱的产品。

剩下的这两项，对我而言是一样的：暂时我将失去收入；我将投入持久的热情和精力；我要用力创造能让自己欣喜的东西。

总之，"仅仅一次，就可以干得一场完美。"（这不是我说的，是戈麦的诗）

不同的是，写作是一个人加一台电脑的事，而后者需要一帮志同道合的人。

在搞清楚要怎么取舍前，我曾经尝试两件事一起做。每个晚上，写完5000字后，换个频道，做APP原型。就这样分裂了1个月，写了5万字，再也分裂不下去了。即使把所有网线都拔掉，也难以静下心来。

我想我必须承认一个事实：我只能专心做一件事。

要么专心做喜欢的，要么专心做最想做的，我想我应该选择后者。

三

像深夜写小说一样，我在深夜画出了这个APP的原型。

我想做更酷更有趣的社交民宿平台，比现有的任何一个都更酷更有趣一点。

泰戈尔的《飞鸟集》里有句诗："我的地球，我登临你岸像异客，我住在你家像房客，我离开你家门时像朋友。"——我给这个APP起名叫"朋友家"。

因为我要找到那些自由的人，那些美好的房子；我能想到的最好的住宿，就是"像住在朋友家一样"。

离开待了11年的报社，第一次做一个产品经理。就和第一次写小说差不多，大部分时候在模仿。但感觉像遇见一个陌生姑娘，她对我解开上衣的三颗扣子，开启了一个足够神奇的世界，足够让人产生一种被幸福地吞噬的感觉。

常常在深夜，我一个页面一个页面地翻看这个初生的东西，就像灯下一个像素一个像素地看喜欢的女人。虽然那时候它其实长得挺丑。比现在你看到的还要丑一些。

幸运的是，它被铂涛集团郑南雁先生看上了，还帮我召集了一帮愿意为之努力的朋友。

四

世界上有那种唯我独尊的写作者。《麦田守望者》的作者塞林格，或是"雷普利"系列小说的作者帕特里夏·海史密斯，都只是安静地写作，不愿在公众面前出现。

而我，其实希望得到大家的赞赏，私下的或公开的都可以。

被批评会脸红，被赞扬一样会脸红，既然都会脸红，那还是努力被赞扬好了。

你奋力前划，总有逆流斜出将你击退，但一切生命的意义就在于此，在于创造的刺激。这种刺激的重要组成部分，就是别人对你所创造的东西发出惊叹："啊，竟然可以这样！"

那些对任何创造都没有感觉的人，不会发出这种惊叹，就像一个悲观的人不会对落日惊叹一样。

五

俞心樵有一句诗："在我的祖国……只有你还没有爱上

我。"我最初很希望这样的奇迹发生,但现在反而不急了。我知道这个世界上很少有人会真的爱上另一个人,所以只有很少的人会看完这篇文章,更少的人会受好奇心驱使,下载"朋友家"这个APP。

这样正好:我们只需要那1%真正爱我们的人,而不需要那99%看上去热情的过客。

写到这里,我有点激动。就以凯鲁亚克《在路上》的结尾来结束这篇文章:"我要再和生活死磕几年。要么我就毁灭,要么我就铸就辉煌。如果有一天,你发现我在平庸面前低了头,那么请向我开炮。"

蒲荔子　2016年3月10日